Lealöwins
Zauberhaftes Rudelleben

Kurzgeschichten

Sabine C. Pahlke

Bibliographische Information der Deutschen Nationalbibliothek:
Die Deutsche Nationalbibliothek verzeichnet diese Publikation
in der deutschen Nationalbibliografie; detaillierte bibliografische
Daten sind im Internet über http://dnb.dnb.de abrufbar.

© 2017 Sabine Carola Pahlke
Herstellung und Verlag:
BoD – Book en Demand – Norderstedt

ISBN: 9783741254123

Autorenseite: www.Sabine-C-Pahlke.de

Korrektorat: Angelika Lehnert

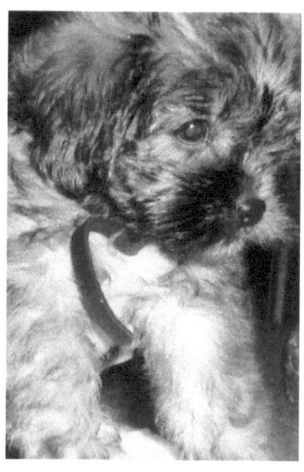

"Also, dass da BIN ICH. Nein, das WAR ICH *ähm* ... BIN ich das nun oder WAR ich das? Ach das soll mal nicht mein Problem sein, schließlich ist mein Frauchen hier die Schreiberin. Sie will euch ja von meinem Leben berichten. Wobei, ich darf auch mal was erzählen *freudigbell*. Also was wollte ich gerade sagen? Ich bin Lea, genannt Lealöwin. Ja *seufz*, mein Frauchen sagt immer Lealöwin, weil die Leute da draußen nicht wissen, dass Lea eigentlich Löwin heißt, oder sie wissen es, denken aber nicht dran, weil sie nicht glauben, dass ich eben eine bin. Ja ich bin nun mal eine Löwin ... im Anfangsstadium. Denke ich zumindest. Oder doch nicht? Ich glaube ich habe ein Grundproblem. Ich bin eigentlich eine Katze *wuff*. Ahalso ... auf dem Foto hier - das WAR ICH also! Hm, schon wieder dieses WAR, aber das bin ich doch - oder? Also *wuff*. Nochmal - als ich damals 2011 in einem September, zu meinem Frauchen kam, habe ich mich nach ein paar Wochen neben ihr Schreibdingsbums gesetzt, als sie mich auf den Schoß nahm. Also das ist jetzt gaaanz wichtig!!! Leider hat mein Frauchen davon kein schönes Foto. Sonst hätte ich euch das beweisen können. Ich bin da nämlich einfach hochgestiegen. Weil ich darf das ja *wuff*. Sie dachte ich will ihre Aufmerksamkeit, dabei wollte ich ihr damals einfach zu verstehen geben, dass

sie aufschreiben soll, was sie mit mir schon erlebt hat. Aber diese Menschen verstehen halt nicht immer, was wir Tiere ihnen sagen wollen. Irgendwann aber fing sie dann doch damit an, kleine Geschichten zu schreiben und dann endlich hat sie ein Buch gemacht, von allem, was ich eben mit meinen tierischen Freunden erlebt habe. So und ich glaube mein Frauchen will jetzt auch noch was dazu sagen. Also man sieht sich. Bis dahin. Ach ja und ich wünsche euch viel Spaß beim Lesen.
Eure Lealöwin".

Sabine: „So nachdem sich die kleine Löwin nun schon zu Wort gemeldet hat, möchte ich auch noch ein paar einleitende Sätze von mir geben. Eigentlich wollte ich nie wieder einen Hund haben. Eigentlich *grins*. Die Kleine kam in mein Leben, in einer Zeit da ich alleine lebte, an meinem ersten Roman schrieb und ab und an ein Besucherkätzchen bei mir vorbeischaute, um mein Leben zu versüßen. Ich gab ihr den Namen Sheela, nannte sie aber auch gern Leopardenkatze. Sie war eine Schöne und ihr Fell farbig gesprenkelt. Hach, sie war irgendwie meine Glückskatze. Und nun ja, eines Tages, wie es die „Zufälle" des Lebens so mit sich bringen, lernte ich Bodie Henryk Ambrusch kennen, welcher mir ein lieber Freund wurde. Ich traf ihn auf einer Kundgebung in Hagen, welche er organisiert hatte. Er war das Herrchen von Kicia, die ich vom ersten Augenblick an dolle lieb hatte. Sie hat so ein großes Herz und dabei so viel Kampfgeist. Kicia wurde trächtig von dem Rüden Lolli, den ich auch kennenlernen durfte. So ein sanftes Etwas, manchmal etwas ängstlich aber einfach nur süß. Und ich? Ich sah ein Foto von den kleinen Hundileins, fünf an der Zahl, als sie gerade geboren waren. Ja, ich sah das Bild und ich erblickte das kleine braune Etwas und sagte voller Freudentränen, welche von nirgendwoher kamen, laut vor mich hin: „*Du bist meine Lealöwin.*" Sofort rief ich bei Bodie an und fragte ob ich klein Lea haben kann, doch sie war schon anderweitig versprochen. Zutiefst enttäuscht war ich und schockiert, denn ich, die ich nie wieder einen Hund haben wollte, war mir so sicher gewesen, dass Lea zu mir gehörte. Es vergingen genau sieben Wochen und da kam dann der erlösende Anruf, dass die kleine Löwin zu mir kommen wird. Ich fragte mich natürlich, warum der Name Lea sofort präsent war. Ich erfuhr von Bodie, dass der Rufname ihrer Mama, eine Yorkie - Dackel Mischung, übersetzt „Katze" bedeutet. Er erklärte mir auch, dass sie zwar ein Mischlingsmädel sei, aber die Einzige im Wurf, welche wie ein Yorkie aussah. Wie ihr Vater eben. Tja Leas Papa aber, ist ein Shih Tzu, übersetzt „Löwenhund". Da wunderte mich natürlich gar nichts mehr. Diese Shi Tzu, Yorkie, Dackelmischung ist einfach genial. Wenn man meine Kleine betrachtet, sieht man sofort, was sie von wem hat *lächel*. Witzig war, dass wenn wir Leute trafen, sie immer das in Lea sahen, was sie selbst als Hund hatten. Und so hörten wir immer entzückte Rufe wie: „*Oh da ist ein Dackel drin. Das erkenne ich sofort. Die Beine aber auch. Wissen sie, wir haben immer Dackel.*" oder „*Oh wie schön. Sie hat ja den typischen Haarscheitel auf dem Rücken, den nur Yorkies haben und dieses wundervolle Farbenspiel im Fell. Mein Yorkie ist zu Hause.*" oder „*Na da ist doch ein Shi Tzu dabei. Bei der Schnauze. Wie bei meinem.*"

UND was Leas Charakter betrifft, kämpfen in ihr zwei Seelen in der Brust. Da ist der Mut und Kampfgeist von Mama Kicia und die Ängstlichkeit und das Mimosenhafte von Papa Lolli. Die kleine Löwin wurde ein großer Goldschatz in meinem Leben und wie sie selbst schon erwähnte, habe ich aus Erlebtem mit ihr nun ein Buch gemacht. Somit ist ihre Botschaft das zu tun, bei mir angekommen *grins*. Es war mir in all der Zeit da sie bei mir ist, immer eine Freude das Erlebte meinen Freunden als Kurzstory mitzuteilen. So werde ich es ab und an auch in diesem Buch machen. Ich werde Ihnen/dir einfach „erzählen". So und nun wünschen wir viel Freude beim Lesen.
Sabine C. Pahlke und Lealöwin

Als Erstes möchte ich auf den nächsten Seiten die Tiere per Foto vorstellen.

Frauchen und Lealöwin in den Anfängen

Lea das kleine Indianermädchen

Lea die Wasserratte

Sheela die Glückskatze

Schmusemutantin Luna

Klein O`Malley

O`Malley der Mimosenhafte

Lady Marie

Pussycatua Mariensis

Inhaltsverzeichnis:

Hundekaffeebohnenwasserchaos	11
Fliegendes Laub	13
Kuschelaugenblicke	15
Vorweihnachtsgeschenk	17
Katze, Maus und Hund	20
Lea mit dem großen Löwenherz	26
Lea die Wasserratte	27
Rudelausflug in den Zoo	33
Fluffy-Bunny-Lea	34
Lea und der schwarze Kater	37
Lunalady aus Teneriffa	39
Hundegetrappsel und Männergepolter	44
Rudelchaos	47
Katerchen und Kater auf dem Baum	49
Zwei Sumoringer	52
Lea die Jägerin und Mutterlöwin	53
Baldrian und seine Wirkung	55
Lady Luna geht Gassi	56
Auf der Mauer, auf der Lauer, saß der kleine Kater	58
O`Malley der Mimosenwilde	59
Das Badezimmer gehört allen	62
Lealöwin die Rebellin	63
Wolpertinger	65
Friede, Freude, Eierkuchen	67
Drachenluna	69
Flirtende Lunalady	70
Kater & Katze	72
Lealöwins 1. Besuch auf einem Golfplatz	98
Lea und Luna beim Onkel Doktor	75
Die Pfauenfeder	79
Lea verteilt Liebe	80
Lea und ihr kranker Rücken	84
Katerchen wird beschmust	86

Luna ist glücklich	88
Andere Hundebesitzer	90
Der neue Tierarzt	92
Abschied	95
Ausbrechversuch des kranken Katers	99
Lady Marie	101
Maries Erlebnisse	104
Maries erster Freigang	107
Katerchen als Lehrer - oder doch nicht?	110
Die Autorin	116
Weitere Bücher der Autorin	118

Hundekaffeebohnenwasserchaos

Lea war noch nicht lange bei mir und noch so winzig klein. Ständig hatte ich Angst sie zu übersehen und platt zu treten *grins*.

So folgt nun die erste Geschichte - September 2011

Selig geschlafen und guter Dinge, wurschtelte ich mich aus meinem kuschlig warmen Bettchen, um mir meinen wohlverdienten „Guten Morgen Kaffee" zu bereiten. Doch wie es schien, hatte ich mich noch nicht daran gewöhnt, nun nicht mehr alleine zu sein und somit hatte ich NICHT mit meiner kleinen Löwenwelpin gerechnet, welche freudig an mir hochsprang, weil sie natürlich gleich und sofort etwas Fressen wollte. Oh das alles war noch neu für mich, da musste ich mich wahrlich noch daran gewöhnen. Da mich dieses kleine Etwas so anbettelte, und ich muss hier sicher nicht erklären, wie so ein kleiner Welpe schauen kann, musste ich ihr natürlich den Vorrang geben. Kaffee gab´s eben später. Gerade das Futternäpfchen in der Hand haltend, um es zu füllen, klopfte es vehement und lautstark ans Küchenfenster. Ja wie sollte es auch anders sein? Mein Besucherkätzchen wartete darauf, reingelassen zu werden. Ich öffnete das Fenster und die Hübsche kam hereingepprescht, was ich von ihr gar nicht gewohnt war. Sie wirkte vollkommen ausgehungert und aufgewühlt und so zogen Gedanken durch mein Köpfchen: „*Hm, ob sie diejenige war, welche heute Nacht da draußen lautstark gekämpft hat? Sie wird doch nicht anfangen sich gegen den egomanen Nachbarschaftskater zur Wehr zu setzen? Nun das wäre auf jeden Fall sehr schön. Wird Zeit, dass sie Krallen zeigt.*" Meine Gedanken wurden unterbrochen, als klein Lealöwin schwanzwedelnd und freudig jaulend an mir hochsprang, weil sie uuuuunbedingt Sheelakatze begrüßen wollte. Lea liebte diese nämlich von Beginn an. Währenddessen kamen von oben Schmuseattacken von Glückskatze an mich, welche diese Liebe von Lea noch ganz und gar nicht erwiderte und einfach nur was zu fressen haben wollte. Zu viel für mich … am frühen Morgen … noch nicht ganz wach. Tja überhaupt war das ja alles neu für mich, die ich noch nie alleine für Tiere sorgen musste.

So - einatmen und ausatmen war angesagt. Ruhe ins Chaos bringen. Füllte die Futternäpfe. Versorgte jede auf ihrem eigenen Plätzchen. Hund unten. Katze oben. Geschafft. Die Rasselbande fraß und es herrschte Ruhe. Ja und ich konnte mir endlich meinen Kaffee machen. Während sich die beiden Süßen über ihren Fressnapf hermachten, bemerkte ich, dass meine Kaffeemaschine neue Bohnen brauchte. Gerne versorgte ich sie damit. Ich liebe meine Kaffeemaschine *seufz*. Holte also die Bohnenpackung aus dem Schrank, öffnete das Nachfüllfach, ließ die Bohnen rein purzeln und freute mich ganz dolle auf meinen lecker Kaffee, den ich gleich in meinen Händen halten würde. Dann noch schnell die Bohnenpackung zurück an ihren Platz stellen … einen Schritt von dannen gehen gen Schrank … ein markerschütternder Schrei von unten kommend, drang tief in meine Ohren hinein … fuhr mir durch Mark und Bein … erschreckte mich dermaßen, dass ich nicht wusste, was hinten und was vorne ist!! *„Ich musste klein Lealöwin erwischt haben."* war mein erst möglicher Gedanke, während ich instinktiv, den noch oben hängenden Fuß NICHT abstellte. Das wiederum ließ meinen Körper, dem der Schreck noch in den Gliedern saß, das Gleichgewicht verlieren. Die Packung in meinen Händen kippte und mit lautem Geprassel regnete es Kaffeebohnen auf den Boden und wie ich mit schnellem Blick erkennen konnte, auf klein Lea drauf, welche vor Schreck auf die andere Seite des Tisches rannte. Nur ein Gedanke war in meinem Kopf: *„Ihr scheint es gut zu gehen und ich - buah, ich muss mich irgendwo festhalten, sonst falle ich um."* Schnell griff meine Hand nach dem Tisch, nur das ich leider den darauf stehenden Brunnen erwischte. Dieser kippte und das ganze Wasser lief über die Tischplatte, während ich blöderweise noch immer auf einem Bein stand. So was Bescheuertes aber auch - Lea war doch längst schon abgehauen, was in meinem Hirnchen wohl aber noch nicht angekommen war. Ich konnte meinen Fuß einfach nicht abstellen. Wohl durch die Schockstarre. Sah das Wasser über den Tisch laufen, bemerkte dabei, dass dieser wohl nicht Wasserwaagen gerecht im Lot stand, denn auf der anderen Seite des Tisches floss ein wahrer Wasserfall gen Boden. Und auf wen drauf? Auf klein Lea natürlich, die mich nur noch mit großen Augen anschaute. Kein Wunder, bekam sie doch in kurzer Abfolge eine Kaffeebohnen UND Wasserdusche. Ihr verdatterter hilferufender Blick, brachte mich in die Lage, meinen Fuß endlich abzustellen. So hörte ich die letzten Tropfen auf den Boden fallen und dann herrschte nur noch tieeeefe Stille. Mein Blick wanderte weg von meiner Minilady Lea ... verstreut lagen die Kaffeebohnen auf der einen Seite des Küchenbodens, während sich auf der anderen ein kleiner See gebildet hatte. Glückskatze war längst geflüchtet und klein Lea erwachte aus ihrer Starre, schaute mich schwanzwedelnd an, als ob sie kein Wässerchen trüben könnte und ich? Ich stand mittendrin in meinem morgendlichen Küchenchaos und konnte nicht anders als zu lachen.

Es war ein Bild für Götter dieses Chaos zu betrachten und nun ja, es war eh geplant noch schnell die Küche durch zu wischen *grins* und für die Zukunft wusste ich, dass Lea ein kleines Angsthäschen ist und wohl schon laut schreit, wenn sie nur im Ansatz berührt wird *lächel*.

Fliegendes Laub

Ja, meine kleine Lealöwin hat noch einen weiteren Namen, welcher sich ergab aus zwei Erlebnissen mit ihr. Lea ist ein kleines Hündchen und eigentlich wollte ich nicht nur keinen Hund mehr haben, sondern hatte dazu auch noch Vorurteile Minihunden gegenüber. Lea lehrte mich besseres *grins*. Die Kleine hatte nämlich von Anfang an so einen Speed drauf, dass ich sie hätte auch Speedy Gonzales nennen können. Wenn andere Hunde miteinander tobten und balgten, gab es für sie nichts Schöneres, als frei wie der Wind über die Wiese zu rennen. Sie spurtete im Kreis, bis sie sich ausgetobt hatte und mir wurde beim Zusehen immer ganz schwindelig. Sie genoss es, wenn ein anderer Hund versuchte sie einzufangen und schlug dann Haken wie ein Hase, wenn der Spielgefährte zu dicht an sie herankam. Es war einfach immer wieder herrlich ihr zuzusehen und ist es immer noch. Und eines Tages - damals, als sie noch ein kleines Welpilein war und nicht unbedingt gehorsam ohne Leine, war ich mit ihr an ausgefahrener Zugleine unterwegs. Wollte ihr ja schon ein bissel Freiraum lassen *lächel*. Da stand ich auf der großen Schlossparkwiese und beobachtete sie, die glücklich mit ihrer Spürnase tief im Gras, durch die Gegend lief. Sie entdeckte einen verhutzelten Apfel und freute sich wie eine diebische Elster über ihr Fundstück. Da ich natürlich eifrig mit ihr trainierte, wenn ich unterwegs war, wusste das kleine Mädchen, dass ich ihr gleich den Apfel wegnehmen würde. Und das, geht ja mal gar nicht. Da ich ahnte, was gleich kommen würde, nämlich ein Ausbruchsversuch um die Beute zu retten, welcher durch die Leine nicht möglich war, verkürzte ich diese schnell. Gerade noch rechtzeitig, denn schon spannte sie sich zwischen mir und meiner Kleinen, welche los preschte. Dass sie keinen Freilauf hatte, hielt sie ganz und gar nicht davon ab weiter zu düsen. Sie lief natürlich gezwungenermaßen im Kreis. So blieb mir nichts anderes übrig als mich mitzudrehen, sonst, hihi, mein Kopfkino ging natürlich gleich los, wäre ich ruckzuck von ihr und der Leine eingerollt gewesen. Das wäre sicherlich ein freudvoller Anblick für alle Anwesenden im Park gewesen. Während ich mich also mit ihr mit drehte, versuchte ich sie zu beobachten, ohne dass es mir schummrig wird. Das Laub unter ihren Pfoten flog nur so durch die Gegend. Und mein Gott, sie war sooo schnell *lach*. Sie sah wirklich aus wie Speedy Gonzales in den Filmen. Glücklicherweise tauchte dann ein Hund auf und somit erlöste mich klein Lea aus meinem Karussell und ich konnte aufatmen. Nach ein wenig gegenseitigem Beschnuppern, zog sie zufrieden mit mir weiter und wir liefen noch in den Wald. Wir waren noch nicht oft dort und es war einfach nur schön zu beobachten, wie sie diesen zu entdecken begann. Plötzlich wurde es windig. Lealöwin stromerte vor mir her und sie fand es herrlich, dass der Pfad voller Blätter lag, welche durch einzelne Windböen nur so durch die Luft wirbelten. Lea begann begeistert gegen den von vorne kommenden Wind zu rennen. Mein Herzchen ging dabei auf. Sie wurde immer schneller und genoss es sichtbar. Ihr Fell wurde vom Winde verweht, die Ohren flogen, als ob sie ihre Flügel wären und während ich ihr lächelnd zuschaute, kam so eine Sturmböe auf, dass es auf klein Lealöwin Laub regnete. Und ja, das war der Moment, da ihr neuer Name geboren war. „Fliegendes Laub" - denn sie flog in diesem Augenblick mit dem Laub und war wohl in diesem Moment der glücklichste Hund der ganzen Welt.

Noch heute fliegt sie gerne mit und gegen den Wind, wie man auf dem Bild meiner Schwester sehen kann *lächel*. Ja, sie ist da wie ich, denn ich liebe es vom Wind berührt zu werden und ihm zu lauschen.

Kuschelaugenblicke

Meine Besucherkatze Sheela wollte, wie schon erwähnt, nichts von der Liebe des kleinen Welpimädchens wissen. Darunter litt klein Lea sichtbar. Mich aber wunderte das Verhalten der Katze nicht, da die kleine Löwin von Beginn an sehr temperamentvoll und vereinnahmend war und das geht ja mal bei „Katze" gar nicht. Nun ja, ich war ja schon glücklich, dass meine Sheela trotz Hund weiterhin zu Besuch kam. So war es dann die ersten zwei Monate so, dass die Katze immer schön von „oben" auf dem Schranke, dieses seltsame Wesen „Hund" beobachtete. Sie wollte wohl deren „Sprache" kennenlernen, welche sich ziemlich von jener der eigenen Art unterscheidet. Natürlich wollte sie auch Katzen mäßig abchecken, wie sie die „Macht" an sich reißen konnte *grins*. Ich schmunzle heute noch, wenn ich an Sheelas Blick denke, wenn Lea voll ungestüm sich unter ihr einen abwedelte und nicht mehr einkriegte. Wobei ich aber auch bemerkte, dass Sheela, welche noch nie in Kontakt mit Hunden war, auch etwas Angst hatte. Sie war eh mehr die Introvertierte und auch keine Revier verteidigende Katzenlady. Irgendwann dann, als Lea mal wieder schnurstracks auf sie zu rannte, gab´s endlich die typischen Katzenabgrenzungsohrfeigen. Das half. Lea wurde achtsamer und Sheela, nun etwas selbstbewusster, begann zu akzeptieren, dass dieser Hund oder was auch immer das war, hier hauste. Und so landen wir am Tag des ersten kleinen Wunders.

Die kleine Löwin und ich liefen ins Schlafzimmer um Sheelakatze vor die Tür zu setzen, denn es war Zeit zur Arbeit zu fahren. Die Katze so eingekuschelt im Bett zu sehen, verleitete mich dazu, mich noch einmal zu ihr hinzulegen. Klein Lea wollte natürlich nicht außen vor bleiben, sprang zu uns hoch und kuschelte sich gleich auf meinen Schoß. Von der Größe her, war das ja kein Thema *hihi*. Bei mir war sie dann auch schön in Sicherheit, denn die Katzenohrfeigen waren wohl im Hirnchen, als weniger schöne Erinnerung eingebrannt. Gleichzeitig aber vibrierte sie vor Freude, dass sie so nah bei dieser Andersartigen da sein durfte, die ja eigentlich gar nichts von ihr wissen wollte, obwohl sie Sie doch soohooo liebt *grins*. Klein Lealöwin war so happy, dass sie ihren Kopf zwischen ihre Pfoten grub und sich in mich rein wühlte, um sich dann auf den Rücken zu werfen, mir ihren Bauch hinstreckend, um mir damit zu sagen:„*Streichle mich.*" Es war ein zauberhafter Anblick. Ich tat ihr den Gefallen und liebkoste gleichzeitig auch Sheela. Sie genossen es. Katze still schweigend, Lea seufzend. Nach einer Weile streckte die kleine Löwin zaghaft ihren Kopf gen Katzenschwanz. Keine Reaktion von dort. Die Löwin wagte es den Katzenschwanz zu lecken. Keine Reaktion von Sheela. Mutiger werdend, drehte sich Lea auf den Bauch und schob sich ganz langsam und leise gen Katze. Hihi, es war einfach köstlich. Als sie direkt parallel zu Sheela gelandet war, blieb sie einfach nur still liegen. Sachte streckte sie ihr das Köpfchen entgegen und dann, ich staunte, tat Sheela das gleiche. Sie beschnupperte Leas Hundenäschen und sie berührten sich. Es sah mit Menschenaugen, die gerne träumen, aus, wie ein Freundschaftskuss.

Ich erinnere mich noch sehr genau daran, wie unglaublich glücklich mich diese Szene machte. Das war doch mal ein Anfang - oder? Von wegen Hund und Katz können nicht miteinander. Sie sind unterschiedlich, sprechen verschiedene Sprachen und trotzdem können sie, wenn sie in Liebe, Respekt und Achtsamkeit sich selbst und dem anderen gegenüber sind, wirkliche Freunde werden. Sie leben uns Menschen ganz toll vor, wie schön es sein kann, wenn man den anderen „sein lässt" und ihn akzeptiert, wie er ist. Tja meine Tierchen eben *lächel*. Wie soll es auch anders sein, da ich es so lebe wie sie.

Vorweihnachtsgeschenk

Da vergaß ich doch glatt zu erzählen, dass knapp einen Monat nachdem Lealöwin bei mir einzog, auch ein Mann in mein Leben kam. Er leistete uns am Abend oft Gesellschaft. Hier war dann deutlich zu erkennen, dass Leaweibchen, sich sehr zum männlichen Geschlecht hingezogen fühlte. Er hatte eindeutig die besseren Karten als ich *grins*. Sie liebte ihn von Beginn an - abgöttisch sozusagen. Nachdem er uns dann so zwei Monate regelmäßig besuchte, saßen wir kurz vor Weihnachten gemütlich in meinem kuscheligen Wohnzimmer, in mittlerweile vertrauter Runde. Die kleine Löwin lag wie üblich bei ihrem Liebsten, ich saß gemütlich am Rande des Sofas, mit dem Lappy auf dem Schoß und las ihnen aus meinem Manuskript „Spannende Leichtigkeit" vor. Das Buch war damals noch nicht veröffentlicht. Wir tranken dazu ein Gläschen Rotwein. Also, er und ich. Lea natürlich nicht :-). Plötzlich wurden wir durch ein Kratzen an der Tür aufgeschreckt. Lea ging sofort in Habachtstellung und ich fragte mich, wer dieses Geräusch wohl verursachte. Katze konnte es ja nicht sein, es war Winter und das Fenster geschlossen. Als die Kleine dann aber freudig mit ihrem Schwanz wedelte und sofort gen Tür sprang, war mir klar, ich hatte wohl vergessen das Küchenfenster zuzumachen. Hurtig ging ich gen Tür, ließ Katze eintreten. Ja „eintreten" natürlich. Denn eine Katze betritt wie eine Königin einen Raum und wer das bestreitet, hatte noch nie Eine. Grazil trippelte sie gen Sofa, Lea missachtend. Zu „ihrem" Sofa natürlich. Elegant wie nur Katzen in der Lage sind zu sein, sprang sie hoch, auf „ihr" Sofa. Oben angelangt, schaute sie auf Lea „hinunter". Ihr Blick war eindeutig - für Menschilein natürlich. Sie sagte zu der Störenfriedin, die ihr ergeben zu Füßen lag und sie voll Sehnsucht anschaute: „*Das ist MEIN Reich. Ich bin hier die Königin und ich lasse mir meinen Platz nicht nehmen.*" Dann drehte sie der Kleinen, welche noch immer winselnd zu ihr hochschaute und es nicht wagte hochzuspringen, den Rücken zu. Hocherhobenen Hauptes marschierte Sheelakönigin - wohin? Natürlich zum Manne, denn sie ist ja ein Weibchen. Schnurrend rollte sie sich auf des Alphatiers Schoß zusammen. Dieser wiederum, nicht unbedingt ein Katzenfreund, schaute mich seufzend an. Wobei ich erwähnen möchte, dass es in seinem Leben einen Kater gibt, den er über alles liebt. Er hatte wohl einfach noch keinen Zugang zu weiblichen Katzen gefunden. So saß ich da und schmunzelte vor mich hin. Damit musste er jetzt alleine klar kommen. Lealöwin mittlerweile aus ihrer Starre erwacht, sprang mutig freudvoll hoch aufs Sofa und wollte sich quirlig auf Sheelakatze stürzen, um ihr ihre Liebe zu bekunden. Ihre Augen strahlten aus: „*Sie ist da! Sie ist da! Hurrraaa!*" Kaum zu bändigen war die Kleine. Ich erwischte sie gerade noch bevor - ich will nicht drüber nachdenken … ! Doch die Kleine hatte schon immer eine immense Kraft und so kämpfte sie sich frei aus meinen Händen, sprang über meine Beine, direkt zur Katzenkönigin. Ich hielt den Atem an! „Mann" war Gelassenheit pur. Ich hatte nur einen Gedanken: „*DAS kann nicht gut gehen.*" Die Löwin aber blieb plötzlich direkt hinter der noch immer schnurrenden Katze stehen und wartete ab. Stille. Plötzlich zu meinem Erstaunen, setzte sich Lea und stupste ihre Nase ins Fell der Katzenlady. Sie schnüffelte ihr das ganze Fell durch und begann sie dann abzulecken. Sheela schnurrte weiter. Dann schaute mich klein Lea mit großen erstaunten Augen an. Ihr Blick zeigte Ungläubigkeit. Meiner auch *lach*. Es konnte doch nicht möglich sein, dass sie gerade Katzenkönigin ab schlecken durfte und dass diese sogar so seltsame Geräusche von sich gab? Ehrfürchtig legte das Welpenmädchen, mit noch immer großen erstaunten Kulleraugen, ihr Wuschelköpfchen auf Sheelas Katzenschwanz und säuberte diesen liebevoll und achtsam. In aller Ruhe. Bei diesem Anblick schauten „Mann" und ich uns in die Augen und lächelten. Sheelakatze lebte zuvor nur ein „ich". Lea auch. An diesem Abend begann ein „wir". Für mich war dieser Moment schon mein Weihnachtsgeschenk, so selig machte mich das Erlebte. Der Frieden der Tiere steckte uns an. Leise legte ich das Laptop beiseite, kuschelte mich an „Mann" und so schliefen wir glücklich und zufrieden in trauter Viererrunde auf dem Sofa ein.

Ja und eben fällt mir ein, dass ich dann noch ein Nachweihnachtsgeschenk bekam. Wieder einmal ein Zusammenfinden auf dem Sofa, kurz nach Weihnachten. Leopardenkatze rollte sich schnurrend zusammen und streckte Lea ihr Köpfchen entgegen. Diese tat es ihr gleich. Nach einem kurzen Beschlecken drückte die Löwin ihre Schnauze ins Katzenfell, um dann mit absoluter sanfter Sorgfalt die Katzenohren sauber zu schlecken. Nach getaner Arbeit legte sie sich zur Katzenlady, welche nun wohl die endgültige Entscheidung getroffen hatte, nicht mehr nur Besucherkatze zu sein, sondern hier leben zu wollen. Sie hatte wohl Gefallen gefunden am Rudelkuscheln. Irgendwann ging ich schlafen und am nächsten Morgen lagen sie noch immer beieinander. Momente, die mein Herz ganz, ganz weit vor Freude machten.

Und ich lächle. Die authentische, freiheitsliebende, selbstständige Leopardenkatze, welche nur das tut, was sie will und zwar so, wie sie es will. Kompromisslos. Sie lernt gerade dass ein „Wir" sehr schön sein kann. Und die liebende, loyale, fast schon demütige mutige Lealöwin, lernt achtsam zu werden und nicht mehr auf Teufel komm raus, zu überfallen, zu klammern und einzuengen. Das ist so schön ... und auch gut auf Menschileins übertragbar.

Viele Monate vergingen mit vielen kleinen netten Ereignissen zwischen Katz und Hund. Dann kam der Frühling.

Katze, Maus und Hund

Müde vom Tag legte ich mich zu meiner tierischen Familie aufs Sofa. Mann, Katze, Hund. Alle waren vertreten. Lealöwin zipfelte mich und ich zipfelte sie. Plötzlich verschwand klein Lea und nun ja, sie kam recht schnell wieder zurück. Es war dämmrig im Zimmer. Gemütlich halt, nur Kerzenlicht. Ein kleines Stängelchen schaute aus Leas Mäulchen, als sie dann vor mir saß. Ich dachte: „*Oh sie will werfen, holen, bringen, spielen. Schöööön. Klaro, da bin ich doch mit dabei.*" Doch zuerst wollte ich sie ein wenig necken. Ich griff nach dem Stängelchen, spielte ein wenig damit und wunderte mich irgendwann, dass es sich so seltsam weich anfühlte!! Hm. Ich wurde also stutzig! Schaltete das Licht an, um nachzuschauen ... und nein *schüttel* ... das kann nicht wahr sein!! Nein, nicht wirklich!! Es schauderte mich und rüttelte mich. Da hatte die Kleine doch tatsächlich eine Maus im Maul *igittaberauch*. Klaro ... Küchenfenster war offen ... Glückskatze hatte mal wieder nichts Besseres zu tun, als ein Geschenk reinzubringen und die kleine Löwin hat ja von ihr gelernt. Geschenkchen muss Hundekatze natürlich gleich zu

Frauchen bringen. Und ich hab mit dem Ding auch noch gespielt *buaaaaaaah*. Gleichzeitig war der Anblick von Lea göttlich. Regungslos saß sie da. Das Mäusehinterteilchen hing aus dem Mäulchen heraus. Gut sichtbar, nur das Stängelchen mit dem ich gespielt hatte und Lea wusste rein gar nichts mit dem toten Wesen anzufangen. Tja das Mäuschen tat mir zwar leid, aber sein Seelchen war ja schon im Himmel. Ich aber hatte ein Problem. Die Maus musste raus. Aber nicht durch mich. Ne, ne, ne. Ich rühre das tote Etwas nicht an. Das kann ich nicht!! Das will ich nicht und überhaupt!! Wofür hat man einen Mann im Haus? Ja, der Mann im Haus saß nur mit breitem Grinsen auf dem Sofa und hatte alles still beobachtet. Ich machte ihm klar, was seine Aufgabe ist und tja, es blieb ihm ja nichts anderes übrig, als meinen klaren Anweisungen zu folgen. Ich wollte die tote Maus so schnell als möglich aus dem Wohnzimmer haben. Ja und der Mann, stand seinen Mann *grins*. Das Problem dabei war nur, dass Lea aus ihrer Starre erwacht war und ihre Beute nicht hergeben wollte. Sie sprang vom Sofa, gaste hinaus in den Flur und er ihr hinterher. Nun musste er mir auch noch zeigen, dass er ein guter Jäger ist *kicher*. Ich machte es mir währenddessen auf dem Sofa bequem, trank einen Schluck Wein und wartete.

Ich lächle noch immer, wenn ich an damals denke und es folgten in Abfolge weitere Mäusegeschichten, wie dieser hier:

Eigentlich wollte ich klein Lea nur mal kurz vor die Tür lassen. Auf ihre Anfrage per Blick natürlich. Ich ließ sie raus, ging in die Küche, um mir meinen über alles geliebten Kaffee zu machen, während Sheelakatze gerade mal wieder durchs Küchenfenster rein marschierte, um mich schnurrend zu begrüßen. Dass diese es mal wieder gut mit uns gemeint hatte und uns zeigen wollte, wie mühelos sie doch „Mäuse" fangen kann, wusste ich zu diesem Zeitpunkt noch nicht. Doch ich sollte es schnell erfahren. Lea kam rein und brachte mir wieder eine Maus in die Küche. Die zwei waren zu einem eingespielten Team geworden. Dies wiederholte sich ein paar Tage auf die gleiche Weise. Sheelakatze legte eine gejagte Maus vor die Tür und Lealöwin brachte sie mit seligem Gesichtchen rein. Ich glaube sie dachte, es sei ein persönliches Geschenk an sie, von der Katze, die sie so liebte. Darauf war sie natürlich stolz. Ja, ja! Und täglich grüßte das Murmeltier und ich war selbst schuld. Irgendwann hätte ich ja zuerst mal vor die Tür schauen können, statt Lea nur hinauszulassen. Aber so früh morgens, wenn noch nicht alle Sinne wach sind, ist es nicht so einfach, an so was zu denken *grins*. Das Thema dabei war nur, dass Lea letztendlich immer noch nicht wusste, was sie mit der toten Maus im Mäulchen anfangen sollte. Hergeben wollte sie diese aber auch nicht.

Die Krönung der Mäusegeschichte war dann an einem wundervoll sommerlich warmen Tag. Ich ging in den Hof um nach der kleinen Löwin zu sehen. Es war viel zu ruhig da draußen und so kannte ich sie nicht. Da lag sie mitten im Hof. Sie lag einfach nur da. Ich wunderte mich, folgte dann ihrem Blick gen Boden und lächelte. Sie bewachte eine tote Maus, welche vor ihrem Schnütchen lag. Oder wusste sie nur wieder mal nicht, was sie mit ihr anfangen soll? *grins*.

Oh und eben fällt mir ein, das war gar nicht die Krönung, denn wir machten auch Bekanntschaft mit lebendigen Mäusen. Aber wer kennt das nicht?

Wie gesagt, ich liebe meine Leopardenkatze und meine Lealöwin über alles. Ja und ich liebe auch Mäuse. Ehrlich. Sie sind so possierlich und goldig und manchmal erweisen sie mir auch das Geschenk, das sie sich im Garten zeigen und ich sie beobachten darf, wenn sie so rumwuseln und ihre Arbeit verrichten. Ja, Mäuse sind eine wahre Freude - aus der Ferne. Dass ich sie nicht bei mir in der Wohnung haben möchte, liegt an einer traumatischen Körperkontakterfahrung welche ich als Kind mal hatte. Glaubt mir, es gibt wahrlich nichts Schöneres als morgens noch müde und halb schlafend, aus dem Bett zu steigen und beim Aufstellen der

Füße auf dem Boden, etwas Haariges unter den nackten Sohlen zu spüren, welches fellige Streicheleinheiten auf diesen hinterlässt, während es davonrennt *schüttel*. Ich gebe ja zu, dass ich auch ein echtes Problem damit habe, tote halb zerkaute, nicht wirklich schön anzusehende Mäusekörper zu entfernen. Ich kann nichts daran ändern. Bisher tat ich es halt, weil mir nichts anderes übrig blieb. Schließlich hatte ich eine Besucherkatze, die gerne Geschenke machte. Und dann war da wieder mal so ein Tag. Ich kam heim und da lag ein ziemlich extragroßes Prachtmäuschen im Hof und ich dachte mir nach dem Besen greifend: *„Verzeih mir liebes Seelchen, aber ich schieb dich mal hinter den Zaun und männliches Alphatier soll dich später wegbringen, wenn er heimkommt."* Gesagt. Getan. So kam der Abend. Gemütlich saßen wir Rudel technisch im Wohnzimmer. Küchenfenster wie üblich offen für Katzilein. Plötzlich kam Leopardenkatze stolz ins Wohnzimmer hereinspaziert. Lea setzte sich sofort hin und schaute ganz selig zu ihr. Nicht aber ich! Sheela fand meine Wegräumaktion wohl nicht gut und präsentierte mir total stolz diese prachtvolle große tote Maus, die ich beiseite gekehrt hatte. Buah, ich hatte vergessen die Entsorgung in Auftrag zu geben. Sofort forderte ich erneut den Mann im Haus auf, die Maus zu entfernen, BEVOR sie auf dem Sofa landete. Er grinste, wie mir schon vertraut, nur breit vor sich hin, stand auf, ging zu Katze hin und sie ließ die Maus freiwillig fallen. Er brachte das tote Mäuschen nach draußen, kam zurück, ich war zufrieden und beschloss in den Armen meines Retters einzuschlafen. Ich wachte dann SEHR früh am Morgen auf, ging leise in meine Küche um das Kleinrudel nicht zu wecken. Die sind nämlich Langschläfer. Ich machte mir meinen Kaffee. Freudig sah ich Katzilein am Fenster stehen, um eingelassen zu werden. Tat ich natürlich sofort, weil meine Erinnerung an die Mäuse wieder mal irgendwo in meinem Hirnchen verloren gegangen war. Nachdem ich das Fenster geöffnet hatte, drehte ich mich um und begab mich auf den Weg zum Katzenfutter. Die Hübsche hatte sicherlich Hunger. Näpfchen auffüllen, es ihr hinstellen wollen und nein, nicht schon wieder. Sie hatte sich ihr Frühstück schon mitgebracht. Dieses Mal lebendig. Da saß vor mir ein süßes liebliches total winzig kleines Mäuschen und wir schauten uns beide starr dastehend in die Augen. Ja so war es wirklich *grins*. Kann ein Morgen schöner beginnen? Hurrraaaaa!! Hin und hergerissen dachte ich: *"Ich muss das Kleine retten UND Hilfe eine Maus."* Ein Blick auf die Uhr ermahnte mich. Um diese Zeit kann ich das Alphatier nicht aus seinem kuschlig warmen Bett schmeißen. Der würde dann sicher selbst zum Tier werden. Was nun? Ich riss mich zusammen und dachte: *"Hach - groß und stark ist doch „Frau" - oder? Sabine, reiß dich zusammen. Hier geht es gerade um Leben und Tod."* Ich verschaffte mir einen Überblick. Sheela hatte gerade kein Interesse die Maus zu killen. Sie putzte sich. So konnte ich denn doch eine Rettungsaktion starten. Holte mir Schaufel und Kehrbesen. Achtsam schlich ich zum starren Mäuschen hin, Schaufel und Besen leise auf dem Boden entlang schiebend. *"Noch ein paar Zentimeter, dann habe ich es geschafft."* war mein Gedanke. Doch ich hatte nicht mit der Maus gerechnet. Diese wurde plötzlich quietschlebendig und lief mir *schüttel* - über meine Hand, den Unterarm hoch und dann sprang sie runter. Ohoooo, da wurden Erinnerungen wach. Wobei ich in diesem Augenblick nicht wusste, was schlimmer war. Fell unter den Füßen oder so kleine Tappselpfötchen über Hand und Arm. Das schüttelte mich so durch, das glaubt mir keiner. Während ich mich wieder einkriegte, sah ich gerade noch wie die Maus unter dem Schrank verschwand. Hier begann dann ein wahrlich aufregendes Kopfkino, was alles geschehen könnte, wenn wir das Mäuschen nicht fangen können. Szenarien vom Allerfeinsten spielten sich hier ab und da war dann auch Schluss mit lustig. Sheelakatze saß noch immer in der Küche und schaute mich an. Lealöwin hatte sich zwischenzeitlich auch eingestellt und saß an der Wohnzimmertür, mich betrachtend. In diesem Augenblick wollte ich nicht wirklich wissen, was sie über ihr

Frauchen denken *grins*. Stramm marschierte ich ins Schlafzimmer. Das Alphatier musste her. Unsanft riss ich ihn aus seinem tiefen Schlaf und sagte: *„Aufstehen. Da ist eine lebendige Maus und die muss raus. Jetzt."* Sein Blick traf mich und was tat er? Nein, er wollte mich nicht erwürgen. Es gab auch keine Standpauke. Nein, er grinste einfach nur breit vor sich hin, schälte sich aus dem Bett, ging nach draußen und ich folgte ihm. Manchmal frage ich mich, wo er seine Gelassenheit her nimmt. Ja und das Mäuschen? Das saß seelenruhig mitten im Flur, obwohl Katze und Hund noch immer neugierig schauten. Ja, so als hätte es auf ihren Retter gewartet. Dieser nahm es, öffnete die Haustür und setzte es in den Garten. Mich wunderte, dass Lealöwin alles nur beobachtete. Wahrscheinlich war sie noch viel zu müde, um mitzukriegen, was hier abging ... oder *lach*, sie konnte nicht begreifen, dass das, was sie sonst tot im Mäulchen hatte, heute hier lebendig rumsprang. Ruhig kam Alphatier wieder rein, drückte mir einen Kuss auf die Schnute und ging mit den Worten zurück ins Schlafzimmer: *„Lass mich jetzt noch ein bisschen schlafen."* Lea trottelte ihm hinterher und weg waren sie. Ich aber war nun hellewach. Machte mich auf in die Küche, traf dort auf Katze, die nun seelenruhig ihr Katzenfutter verspeiste. Glücklich war ich, mir nun endlich meinen Kaffee machen zu können und dann setzte ich mich an den PC, um die Geschichte aufzuschreiben. Als ich an die Stelle kam, da mich die Mäusepanik ergriff, musste ich wirklich grinsen. Ja, ist ja schon absurd Angst vor einer Maus zu haben, aber ich habe ja mein Bestes getan. Der gute Wille war ja da *grins*.

Und die Moral von dieser Geschichte für mich war: „Frau darf Angst vor einer Maus haben. Sei diese noch so absurd. Frau muss nicht alles alleine hinbekommen. Sie darf sich von Mann helfen lassen. Beschützen lassen *kicher*. Wenn auch nur vor einer kleinen Maus, die genauso Schiss vor mir hatte, wie ich vor ihr."

Lea mit dem großen Löwenherz

Ja, sie kann eine wilde Hilde sein. Sie kann kämpfen und beißen und ihren Kopf durchsetzen … und sie kann mich dabei an meine Grenzen bringen. Oh ja, das kann sie! Aber in ihrem Herzen ist sie das Liebevollste, was ich je kennengelernt habe. Meine kleine Lea. Ich war mit ihr spazieren, die Sonne rief nach uns. Unterwegs trafen wir auf einen Herrn mit Kinderwagen. Man sah, dass das Kind schwerstbehindert ist, mit spastischen Zügen. Mein Herzensmädel lief sofort zu dem Jungen hin. Ganz achtsam schleckte sie seine Hand ab. Der Junge begann zu entspannen und dann zu lächeln. Lea schleckte weiter. Ganz behutsam. Der Herr und ich schauten uns mit einem warmen Lächeln an. Mir ging wieder mal so mein Herzchen auf. Das ist meine Lealöwin mit dem großen Herzen. Sie verschenkte von Anfang an einfach nur Liebe und tut das heute noch. Natürlich gab es auch schon Begegnungen mit Menschen, welche Lea abwiesen. Da war mal eine Frau die Hunde gar nicht mochte. Diese Dame wirkte so hartgesotten und ganz ernst. Sie knurrte Lea mit Worten an. Wirklich. Aber meine Kleine, die scheut sich nicht, vor laut knurrenden, bellenden Menschen, welche ja doch nicht beißen. Sie spürt wohl das Herz dahinter. Lea gab nicht auf und so wurde schnell aus der knurrenden Frau, eine schnurrende Katze, die in lieblichsten Worten zu Lea sprach. Sie konnte ihrem Charme einfach nicht widerstehen.

Da die kleine Löwin aber so ein übersprudelndes Herz hat, kam es auch schon zu Situationen, in denen sie aussah, als ob sie die Welt nicht mehr verstehen würde. Und zwar dann, wenn Menschen sie komplett ignorierten, an ihr vorbeiliefen oder sie sogar beinahe umrannten, weil sie Lea nicht sehen wollten. Da saß sie dann da, schaute dem Menschen nach, mit einem so traurigen Blick - unglaublich. Es war für sie ganz schlimm, nicht bemerkt zu werden. Für mich war es immer ein Gefühl, als ob die Kleine wusste, warum diese Menschen so „kalt" waren. So unnahbar. So nicht sehend.

Sie fühlt wohl wirklich das Herz der Menschen und manchmal vermute ich, will sie die Menschen einfach nur „berühren" auf vielen Ebenen. Wenn diese sie nicht beachteten Menschen, dann an Lea vorbei waren, betrachtete sie mich, kam zu mir und wir tauschten Liebe aus. Glücklicherweise lernte sie mit der Zeit zu unterscheiden, wer ihre Liebe annehmen konnte und wer nicht. Das zu beobachten war wunderschön. Da wo Zuneigung zu ihr zurückfloss, reagierte sie mit einer Freudenspirale vom Allerfeinsten, die kein Ende nahm. Da wo Abweisung zurückkam, investierte sie nicht mehr. Wenn ich sie dann so beobachtete, fing immer mein Kopfkino an zu laufen und ich dachte zu wissen, was sie denkt: *„Wer nicht will, der hat gehabt und du hast ja gar keine Ahnung was dir entgeht, wenn du mich nicht magst. Ich könnte dir soooo viel geben."* Ja, sie wurde ein kluges Mädchen und wenn ich ehrlich bin, lernten sie und ich miteinander und voneinander. Denn auch ich war schon immer eine Frau mit überlaufendem Herzen, der es wehtat, wenn dies nicht angenommen werden konnte *lächel*.

Lea die Wasserratte

So und nun bin ich dran. „Ich" meint - ICH DIE LÖWIN *wuff*. Ich meine, ich die mal ne Löwin sein will. Also ich war dann so ein Jahr bei meinem Frauchen und draußen war es so was von heiß. Die Menschen sagen Sommer dazu. Und es war so ein Tag, wo mein Alphatier nicht aus dem Haus geht und mit mir eeeewig lang im Bett liegen bleibt. Das sind für mich immer die schööööönsten Tage. Weil mein Frauchen, die steht immer so früh auf. Mein Herrchen aber, oh ja, der schläft gerne so lange wie ich und ich lege mich dann immer unter die Decke, zwischen seine Beine und ratze und ratze, wie er eben. Das ist so kuschelig schön. Da habe ich ihn ganz für mich alleine. Da ist es mir auch egal, ob es draußen warm oder kalt ist. An jenem Tag aber, wurde ich aufgeschreckt durch so ein Klingeln, dass aus so einem komischen Ding kommt, das immer auf dem Tisch rumliegt. Und da wird immer rein gesprochen, was ich seltsam finde - weil das Ding antwortet gar nicht. Wie auch immer ... ich hörte das Klingeln, überlegte einen Moment ob ich hin springen soll, ließ es aber dann, weil es doch so schön war bei meinem Herrchen. Dann kam mein Frauchen rein und weckte uns einfach. Voll der Stress am frühen Morgen. Herrchen musste aufstehen und ich auch. Die haben dann gefrühstückt und dann hat Frauchen ne Tasche gepackt. Da habe ich mich dann doch gefreut, denn das heißt: „Wir fahren Auto." Ich fahre gerne Auto. Es ging dann also los und wir fuhren und kamen wohin, wo ich noch nie war. Es roch so gut. Oh roch das so gut. Ich wollte nichts wie raus aus dem Auto und was habe ich mich gefreut, als ich dann meine Rudeltante Stefanie mit meinem Rudelbruder Murphy sah. Oh was habe ich mich aber auch gefreut. Ich habe den gleich angesprungen und abgebusselt vom Allerfeinsten. Der mag mich. Ja, der mag mich wirklich. Der gibt mir sogar seinen Knochen, ohne zu murren. Wobei er hatte heute Keinen dabei. Wir liefen dann zusammen los und ich war ganz ausgelassen. Und dann ging es zwischen Bäumen durch und überall roch es so gut. Aber dann rannte Murphy plötzlich los und es machte pitschpatsch und er war weg! Ich rannte ihm hinterher, aber stoppte sofort wieder, weil da so ein komisches Gefühl an meinen Pfoten war. Das war so kalt und irgendwie fühlte es sich genauso an, wie wenn mein Frauchen mit mir rausgeht und wenn von oben da was vom Himmel runterkommt ... wobei das sieht ja aus wie Fäden ... nun ja ... da mag ich als gar nicht mit ihr raus, weil mein Fell dann so schwer wird und es mich friert und überhaupt. Das ist voll blöd. Ich hörte Stefanie sagen: *„Mein Murphy liebt Wasser."* „Aha.", *dachte ich, „Das ist also Wasser? Ich mag Wasser nicht. Nicht von oben, nicht von unten. Aber ich mag zu Murphy. Was mache ich jetzt bloß?"* Ich schaute zu den drei Menschen und sah, dass die sich ausziehen. Warum bloß? Das machen sie doch sonst nur daheim und dann gingen die auch noch zu Murphy in dieses Wasser da. Das sah vielleicht seltsam aus. Normalerweise laufen die immer so sicher und aufrecht und da haben die nur ´rum balanciert. Die wollten sicher nicht in das Wasser fallen. Ich wusste schon, warum ich da nicht rein wollte. Ganz langsam, Schritt für Schritt kletterten die da in dieses Wasser runter. Und dann riefen die mich auch noch! Was dachten die sich eigentlich? Nie und nimmer gehe ich da rein. Nee aber auch. Ja und dann waren die also da drinnen in diesem Wasser, dass sie See nannten und mein Frauchen hatte meinen Ball in der Hand. Hört ihr! MEINEN BALL!! Das war ja so was von gemein. Sie kann doch nicht einfach meinen Ball mitnehmen und meine Rudeltante, die hatte auch einen Ball und den warf sie weit da raus in den See und Murphy holte sich den. Und ich? Wie komme ich nur an meinen Ball? Oh, was mache ich nur? Da stand ich ganz alleine und die waren alle in diesem eklig kalten Wasser. Also wie gesagt, das kann man mit mir nicht machen. Zwei Murphylängen stand mein Frauchen von mir entfernt. Und ich dachte mir: *„Das schaffst du kleine Löwin. Das schaffst du."* Ganz langsam machte ich mich auf gen Ball. Meine Pfoten verschwanden im Schlamm, während ich versuchte zum Wasser runter zuklettern *schüttel*. Ich lief und lief und plötzlich war da kein Boden mehr. Was mache ich jetzt nur? Hilfe!! Aber mein Frauchen stand da und hatte meinen Ball und sie rief mich. Mutig bewegte ich meine vier Hundebeine und siehe da, ich kam vorwärts, wenn mir auch ständig dieses Wasser ins Gesicht lief. Ich paddelte und paddelte und hielt krampfhaft meinen Kopf über Wasser und ICH SCHAFFTE ES. Dann landete ich bei meinem Frauchen, packte den Ball, welcher gerade mal in mein kleines Mäulchen passte, drehte mich um und paddelte so schnell ich nur konnte zurück an Land. Dort angekommen lief ich so weit vom Ufer weg wie möglich, um dann stehen zu bleiben. Ich ließ den Ball nicht los, schüttelte mich erst mal und ich bibberte. Leute, ich sag's euch. Ich bibberte von den Krallen bis zur Nasenspitze. Was war das aber auch kalt und was war ich aufgeregt. Ich schaute zu meinen Liebsten ins Wasser und konnte nicht verstehen, was Murphy hier so viel Spaß machte. Mich bringt da keiner mehr rein. Ich wimmerte meinem Frauchen zu sie soll rauskommen. Aber sie kam nicht. Sie ließ mich einfach hier draußen stehen *heul*. Dann sah ich, dass sie doch zu mir kam. Ich freute mich so, ließ den Ball auf den Boden fallen und begrüßte sie ganz dolle. Und was machte sie? Mit einer Hand streichelte sie mich und mit der anderen Hand nahm sie MEINEN Ball und warf ihn wieder in dieses kalte Nass. Und wie weit *wuah*. Dann ließ sie mich abermals alleine draußen stehen, kletterte zurück ins Wasser und rief mich. Was soll die ganze Sch….e? Wie konnte sie nur so gemein sein? Ratlos, weil ich nicht wusste, was ich tun sollte, stand ich noch immer zitternd da. MEIN Ball! Ich nahm mir ein Herz, kletterte wieder ins Wasser, schwamm zu meinem Ball und packte ihn. Hatte ihn gerade im Maul, da kam Murphy angeschwommen. Der wollte meinen Ball. Das geht doch mal gar net. Frauchen und Herrchen waren viel zu weit von mir weg, um mir helfen zu können und Murphy kam immer näher. Nein, meinen Ball kriegt er nicht. Wasser hin, Wasser her. Als Murphy dann bei mir ankam, hat er mich mit seinen Pfoten getroffen und ich bin untergegangen. Ich sag's euch, das war der schlimmste Augenblick in meinem Leben. Ich habe so eine Angst gekriegt … und keine Luft mehr … und ich wusste nicht, wie ich da wieder hoch komm an die Luft … und keiner half mir … ich hatte voll den Schock … und dann erkannte ich, dass ich mir selbst irgendwie helfen musste … sonst werde ich nie wieder aus dem Wasser auftauchen. Ich fing an zu kämpfen, tauchte auf und schnappte nach Luft und wollte nichts wie raus aus diesem Wasser, welches mich verschlingen wollte. Mit letzter Kraft paddelte ich so schnell ich konnte ans Ufer. Dort angekommen schnappte ich weiter nach Luft und ich kotzte das ganze Wasser raus. Zitterte erneut am ganzen Körper. Nur langsam beruhigte ich mich, schüttelte mich, lief zurück ans

Wasser und stand auf einer kleinen Anhöhe. Hier fühlte ich mich sicher, denn das Wasser war weit unter mir. Würde mal sagen, eine Murphylänge unter mir. Ich schaute zu meinen Menschen, die noch immer im Wasser waren. Sah mein Frauchen war auf dem Weg zu mir und sie sagte zu den anderen: „*Ich muss raus zu meiner Kleinen.*" Stefanie aber meinte: „*Lass sie, sonst hat sie in Zukunft Angst vor dem Wasser.*" Mein Herrchen rief: „*Auf Lea komm her.*" Ich dachte nur: „*Die haben Nerven. Ich bin hier beinahe gerade abgesoffen.*" Noch immer zitterte ich, stand ein wenig unter Schock und beobachtete weiter. Die Drei waren ganz dicht beieinander und sooo weit weg, in diesem blöden Wasser aber auch. Stefanie warf Murphy immer wieder den Ball irgendwohin und er holte ihn sich. Die hatten Spaß, das sah man eindeutig. Und ich, ich stand hier ganz alleine ´rum. Ich beobachtete weiter. Da nahm doch das Herrchen, das Frauchen in die Arme. Ich wollte auch in die Arme genommen werden. Ich wollte da hin. Das war mir plötzlich so was von klar. Aber wie? Mein Blick fiel nach unten. Das war tief und ich hatte so was von Schiss. Ja, die Angst saß mir noch in den Knochen. Aber ich musste da hin zu denen und keiner half mir. Aber ich wollte nicht weiter alleine hier am Ufer stehen. Buah, das war vielleicht ein innerer Kampf. Ich hatte so was von Furcht und zitterte immer noch. Gleichzeitig fühlte ich wie eine Kraftwelle durch meinen Körper floss. Ich bin Lea. Ich bin eine Löwin. Eine Löwin mag zwar kein Wasser, aber sie ist mutig. Erneut schaute ich auf mein Rudel, dann nach unten. Ja ich habe ein mutiges Löwenherz und ich weiß nicht, was in diesem Augenblick mit mir geschah. Die Sehnsucht bei den Menschen zu sein, die ich liebe, war größer als die Angst, die noch in mir steckte. Dann kam der Moment, da die Sehnsucht siegte. Es war, als ob sich ein Schalter in mir umlegte. Ich hörte auf zu bibbern. Mein ganzer Körper spannte sich an. Ich bereitete mich vor auf den großen Sprung. Und das alles ging in Sekundenschnelle. In mir nur ein Gefühl. JETZT ODER NIE! Ich entschloss mich für das JETZT.

Stupste mich ab vom Boden, mit voller Kraft nach vorne gen Wasser. Meine Vorderbeine streckten sich nach vorne. Die Hinterbeine nach hinten und mit einem extra galanten Sprung landete ich wie ein Profischwimmer sicher im kühlen Nass. Als ich im Wasser eintauchte und fühlte, das ich meisterhaft gesprungen war, schwamm ich kraftvoll und voll Freude zu meinen Alphatieren hin. Ich hörte dabei das Klatschen ihrer Hände, welches immer dann erklingt, wenn ich was Tolles vollbracht habe. Ich war stolz wie Harry und ich hörte wie sie alle drei riefen: *„Bravo. Super. Klasse."* Hach war das aber auch ein geiles Gefühl. Ich landete bei Ihnen und schwamm direkt in die Arme von Frauchen, die mich schon erwarteten. Ich legte mich in ihre Arme und war so glücklich. Ich war bei ihr und auch mein Herrchen streichelte mich. Hach war das ein so super schönes Gefühl. Ich hatte es geschafft. Ich bin eine Löwin mit einem mutigen Herz. Ich hatte meine Angst überwunden und war dort angekommen, wo ich hinwollte. Das war so toll, aber gleichzeitig hatte ich vom Wasser für diesen Tag die Nase voll. Davon abgesehen, dass ich noch nie so viel Wasser geschluckt hatte. So war ich dann sehr dankbar, dass mein Rudel beschloss, das es für heute reichte. Oh ja, den Tag vergesse ich nie. So mutig war ich. So mutig."

Hierzu möchte ich, das Frauchen, auch noch etwas sagen. Als ich die kleine Löwin beobachtete, musste ich ja schon schmunzeln. Als Kind war ich ähnlich wie sie. Wenn ich ehrlich bin, war ich sogar als Erwachsene noch lange so. Oft ängstlich vor Neuem. Nicht wirklich wagemutig. Die Szene, da sie da oben stand und für sich eine Entscheidung traf, konnte ich daher sehr gut nachvollziehen. Auch den inneren Kampf der bei ihr stattfand und ja, diese Anspannung, als der Mut durch ihren Körper flutete. Dieses: *„Jetzt oder nie."* - auch das kenne ich sehr gut von früher. Daher kann ich auch verstehen, dass die kleine Löwin stolz war, so mutig gewesen zu sein. Es ist eines der schönsten Gefühle die man erleben kann, wenn man sich mutig der eigenen Angst stellt und dafür als Geschenk wundervolle Erlebnisse erhält. Tja: *„Wer nicht wagt, der nicht gewinnt."*

Rudelausflug in den Zoo

Sonntag. Man sah schon die Sonne wird ihren Weg finden. Alphatier fragte, ob wir Lea mal den Zoo zeigen sollen und ich fand die Idee gut. So rief ich Stefanie, meine Schwester an, ob sie Lust hat mit ihrem Murphy mitzukommen. Ja und so landeten wir in unserem Zoo. Lea, für welche all die Gerüche so neu und fremd waren, fühlte sich einfach nur wohl. Sie schnüffelte sich durch die Gegend und blieb überall stehen, um die ihr fremden Tiere anzuschauen. Wie ein kleines Kind erfreute sie sich mit großen staunenden Augen, an dieser ihr fremden Tierwelt. Ja und dann bei den Affen, da war sie ja hin und weg. Da wollte sie bleiben. Doch wir gingen weiter, zogen sie mit, umliefen das Affengehege, welches von einer hohen Heckenmauer umzäunt war. Murphy wollte dann auch noch mal diese seltsamen Wesen betrachten, setzte sich, war nicht zum weitergehen zu bewegen und wir, hihi, wir wurden von der Minilöwin in diesem Moment vollkommen überrascht. Schwuppdiwupp aus dem Stand heraus sprang sie auf diese ein Meter hohe Hecke und versackte sofort in ihr. Damit hatte sie nicht gerechnet und es sah einfach nur niedlich aus, wie sie so angedeppt dreinschaute und nicht wusste, was sie jetzt tun sollte. Wir waren nur noch am Lachen und am Staunen, wie sie es überhaupt da hoch geschafft hatte. Aber was sie will, schafft sie eben auch. Natürlich halfen wir ihr wieder runter und noch etwas geschockt, lief sie ganz artig mit uns weiter. Ihre Lebensgeister erwachten erneut, als wir beim Gorilla landeten. Schon von Weitem begann sie an der Leine zu ziehen und zu zerren. Ganz schnell wollte sie bei dem Großen sein, um ihn zu begutachten. Ihr Rudelbruder folgte ihr. Nur eine Glasscheibe trennte die Löwin und Murphy von dem großen Kerl, welcher gerade am Speisen war. Da saßen sie absolut fasziniert und bekamen von der Welt nichts mehr mit. Mister Silberrücken lief gemächlich auf sie zu und kam näher und näher. Aber die Beiden blieben sitzen und schauten und schauten. Zu gerne hätte ich in diesem Augenblick in ihr Hirnchen gesehen, um zu erfahren, welches Kopfkino dort abging.

Wir haben diesen Tag genossen, weil wir uns anstecken lassen konnten, von der Neugier und der Freude unseres Kleinrudels.

Fluffy-Bunny-Lea

Ja und dann war da so ein Tag, da ich im Internet mit einem Freund, auf den Film mit den Gremlins kam, denen man ja nach Mitternacht kein Wasser geben darf, weil sie sich dann in bööööse Gremlins verwandeln *buhuuuu*. Ich hoffe ihr kennt den Film. Tja und klein Lea sieht manchmal wirklich wie so ein Gremlin aus und er warnte mich, so bezüglich Lea und Wasser *grins*. Von den Gremlins kamen wir auf das Fluffy Bunny Monster. Das kannte ich aber gar nicht und mein Freund erklärte mir, dass man dieses grüne Etwas in dem Film Monster AG sehen kann. Er sagte: *„Ist ein liebenswertes Wesen, mit ein paar verqueren Ansichten, aber einem guten Kern."* An jenem Tag machte ich mal wieder ein Foto von meiner kleinen Lea, wie sie gerade feurig auf mich zusprang und ihre Augen leuchteten durch den Blitz kraftvoll grün. Dieses Foto postete ich auf Facebook und natürlich hatte Lea etwas dazu zu sagen:

*„Aufgepasst ihr Menschen da. Mit mir ist heute nicht zu spaßen. Jaja, schaut mir jetzt nur schön in die Augen! Seht ihr wie grün die sind? Seht ihr meinen Blick? DAS ist der Blick einer mutigen Löwin!! Passt auf, wenn ihr mir zu lange in die Augen schaut, werden Eure auch grün UND DAS ist dann nur der Anfang ... denn ich weiß, was geschieht, wenn sich das grün ausbreitet ... die Olle hier an ihrem Schreibtisch, ich meine mein Frauchen *kopfschiefhalt* und*

liebgugg, die sagt immer: „Das Grün ist eine HERZENSfarbe." Haha - klaro sind meine Augen auf den Fotos grün. Bin ich doch ein herziges Löwenmädel und es ist ja meine Aufgabe, die Menschen mit dem grün zu infizieren. Und klug bin ich auch noch. Denn ich habe mir noch was gemerkt, was mein Frauchen mal sagte: „Liebe ist nämlich der Weg - „Omnia vincit amor."… haha da staunt ihr, gell? Ich beherrsche nicht nur die Hunde - und Katzensprache. Nein! Das heißt nämlich: „Liebe besiegt alles." Ja - ICH weiß das! Aber nun möchte ich doch wieder in die einfache Sprache übergehen, sonst versteht mich nicht jeder.

Mein Frauchen hat da also letzthin, mit einem Freund über dieses grüne Fluffy Bunny Dingsbums geschrieben … und ich krieg ja alles mit, weil mein Frauchen plaudert eben gerne und da niemand da war, hat sie es mir erzählt. Ja, sie weiß ganz genau, dass ich sie verstehen kann. Ihr braucht gar nicht lachen! Wie auch immer … es ging wie üblich bei ihr, um Herzchen und Liebe und so halt. Ja und in der Nacht bin ich prompt dem Fluffy Bunny Dingsbums begegnet. Jepp, der ist zu mir gekommen. Ich habe in seine grüüüüünen Augen geschaut und es hat mir ganz viel erklärt. Der ist gar kein Monster. Nein isser gar net. Tja und ich wurde nur noch mal bestätigt, dass Liebe der Weg ist … und er hat noch vieeeel mehr erzählt, aber ich verrate das jetzt nicht, weil ich muss noch verdauen, was ich da alles erfahren habe. Also *wuff* - falsch *schnurr* - *seufz* … wenn ich jetzt richtig wach bin, dann werde ich meine Lebensaufgabe leben und zur knuddligsten, schmusigsten Katze der ganzen Welt - *ähm* - ich meine natürlich zum süßesten lieblichsten Hundemädel der Welt werden. Und ich werde dann alle die mir heute begegnen abkusseln und knuddeln. Ja, ich habe es jetzt verstanden. Ich bin eine Löwin, weil ich den Mut habe meinem Löwenherz zu folgen. Eine Löwin hat ein großes Herz und begegnet den Menschen liebevoll. Und wenn mich jemand nicht mag - egalos. Wer nicht will, hat gehabt. Und ja, ich kann auch brüllen wie eine Löwin. Das könnt ihr mir glauben. Wenn ich Gefahr wittere, werde ich richtig wütend. Meine Sekretärin, ich meine, mein Frauchen kann das bestätigen. Ich bin klein, aber ich kann sehr wohl beschützen. Was ihr glaubt mir nicht? Also gestern, gestern waren wir spazieren und hört mir gut zu! Es war richtig schön mit den Rudelführern. Dann aber sah ich da eine Frau an der Mauer lehnen und vor ihr stand ein Mann. Aber er stand nicht nur dort. Nein, nein! ER stand ganz dicht DIREKT vor IHR. Er hatte sie in der Zange. Also er stand so, dass er eine Hand rechts und eine Hand links direkt neben IHR auf der Mauer liegen hatte. Ich sag's euch. DIE Frau war in Gefahr. Eindeutig! Die konnte gar nicht weggehen, so wie er dastand. Ich habe das beobachtet. Und dann hat er sich ihr genähert und da musste ich, ja, ich musste bellen und knurren. Oh bin ich wütend geworden. Ich habe an der Leine gezerrt und wollte da hin. Aber wir waren leider noch zu weit weg und mein Frauchen hat so beruhigend auf mich eingeredet, was ich gar nicht verstehen konnte. Und genauso schaute ich sie auch an. Verständnislos. Ich wollte doch der Frau helfen. Aber ich durfte nicht. Und dann habe ich noch mal zu den Beiden geschaut und sah, dass der Mann schon ganz dicht bei der Frau war. Ich ließ noch mal einen Brüller los, aber der bemerkte mich gar nicht und dann - stellt euch vor. Dann habe ich gesehen, dass der Kerl seinen Mund auf den der Frau drückte und das kenne ich doch von daheim von Frauchen und Herrchen. Da dachte ich mir nur: „Gut dass mein Frauchen mich nicht losgelassen hat. Das wäre wohl ein fataler Fehler gewesen." Nun ja, auch eine Löwin kann sich ja mal irren. Peinlich, peinlich. Wie auch immer. Schaut mir in die Augen und lasst euch von dem Herzensgrün infizieren. UND!! Zu lieben bedeutet ja auch helfen zu wollen. Nur mal so, um mein Verhalten nachträglich zu erklären *wuff*. Davon abgesehen ... wer weiß, vielleicht war der Mann ja gar nicht so lieb, wie er sich zeigte. Und nun wünsche ich euch einen supischönen Grünaugentag. Lealöwin."

Dann zogen wir um in eine schöne Wohnung mit Garten. Ein kleines Paradies für die kleine Löwin. Leider hieß dies auch Abschied nehmen von meiner Besucherkatze Sheela. Ich war traurig, aber sie hatte ja noch ihr wirkliches Frauchen.

Lea und der schwarze Kater

Manchmal gibt es seltsame Tage. Von einem Solchen möchte ich jetzt erzählen. Dieser Tag war durchflutet von den unterschiedlichsten Gefühlen, welche sich die Hand gaben, sich begrüßten, wieder verabschiedeten und erneut aufeinandertrafen. Durchflutet, von unendlichem „berührt sein", bis hin zur tiefer Melancholie. Tja und da hab ich mir klein Lealöwin geschnappt und bin mir ihr spazieren gegangen. ABER wir kamen nicht weit, gerade mal um die Ecke. Sie zog mich zu einem grünen hölzernen alten Hoftor und dahinter auf einer Treppe, saß ein kleiner schwarzer Kater mit weißem Mäulchen und weißen Pfoten. Er sah klein Lea, welche vor Freude mit dem Schwanz wedelte und ging sofort in Abwehrhaltung. Da Lealöwin ihre Freude meist in lautem Übermut zeigt und ich nicht wollte, dass das Kätzchen erschrak, beugte ich mich zu Lea und sprach in leichtem Tonfall mit ihr über den schönen Schwarzen, der da zum fressen süß mit Katzenbuckel rumsaß. Lea wurde still und beide Tierleins wurden mit meinem Erzählen entspannter und entspannter. Der kleine Kater setzte sich hin und beobachtete uns. Klein Lea aber wäre am Liebsten zu dem Kleinen in den Hof rein und winselte nun vor Freude über seine Aufmerksamkeit. Der circa 4 Monate alte Kater stand auf und kam zu uns an den Zaun und Lea schaute mich glücklich an. Ihre Augen sagten: *„Sie ist zu mir gekommen die Katze. Gugg mal, sie ist zu mir gekommen."* Oh ich kannte dieses Gebaren noch von der Zeit mit Sheelaleopardin. Der kleine Kater, nun furchtlos, streckte sein Köpfchen halb durch das Lattentor und das war der Zeitpunkt da Lealöwin sowas von freudvoll war, dass ich zu ihr sagte: *„Gib Kussele."* Lea folgte selig dem, was ich sagte und ich habe kaum meinen Augen getraut. Ein kurzes Berühren zweier süßer Mäulchen und gleichzeitig ein Erschrecken von beiden, über das, was gerade geschehen war. Dann begann das Spiel zwischen den zwei Süßen. Der kleine Kater streckte seine Pfoten nach draußen, ärgerte krallenlos die Löwin, welche nun unbedingt und überhaupt, zu ihm rein wollte. Da dies aber nicht möglich war, sie aber ihre Freude zeigen wollte, rannte sie am ganzen Körper bebend, um mich herum, um dann wieder zum Hoftor hinzurasen. So spielten die beiden bestimmt 20 Minuten. Irgendwann wollte ich weiterlaufen, doch Lea wollte natürlich nicht. Nur knappe zwei Meter lief sie mit mir mit und zog mich dann zurück zur Katze. Diese jagte mittlerweile ein Stück Laub im Hof. Als sie Lea sah, kam sie sofort zu uns zurückgerannt und das Spiel begann von vorne. Dann erschien eine Frau auf der Straße, blieb stehen, beobachte, lachte und die kleine Löwin rannte überglücklich zu der Lachenden, sprang an ihr hoch, rannte zurück zur Katze und schaute nochmal zu dieser Frau, so als ob sie sagen wollte: *„Ich habe einen Katzenfreund und bin sooo glücklich."* Ein älterer Herr gesellte sich in die Runde und meinte: *„Ach ist das schön. Sowas hab ich ja noch nicht gesehen."* Und Lea rannte auch zu ihm, begrüßte ihn, um gleich wieder zum schwarzen weißgestiefelten Kater zu spurten, welcher sofort sein Köpfchen zwischen den Brettern durchstreckte. Von den Zweien infiziert, wollte ich mit den Katzentatzen spielen, aber Lea umwickelte fest meine Hände mit ihren Pfoten, stupste meine Hände weg und wollte die Katze für sich alleine haben. Als ich mich leicht vorwurfsvoll bei ihr beschwerte, kam sie kurz zu mir, schleckte mich und ging zurück zum Katerchen. Ich hätte den beiden noch ewig zusehen können, so schön war das. So gerne hätte ich das mit der Kamera festgehalten, doch ich hatte keine dabei. Meine Melancholie war bei all dem von dannen geflogen und das war der Zeitpunkt, da ich klein Lea versprach, dass ein neues Rudelmitglied den Weg zu uns finden wird und sie dann ihren eigenen Katzenfreund haben wird.

Doch die Zeit verging und kein Kätzchen fand den Weg zu uns. Nun, Alphatier wollte auch nicht wirklich Eines, obwohl er ja schon tierlieb ist. Lea und ich wurden immer trauriger. Die Katzenenergie fehlt einfach im Rudel. Meine

Sheela vermisste ich immer mehr. Ab und an besuchten wir sie kurz, wenn wir mal in der Nähe waren. Aber das war viel zu selten.

Und so kam dann im Frühjahr unser Urlaub in Teneriffa, der alles verändern sollte. Klein Lea wurde im Großrudel untergebracht.

Lunalady aus Teneriffa

Wir kamen also in Teneriffa an und mit dem Auto ging es gen Finka, auf der wir ein Gartenhäuschen gepachtet hatten. Wir fuhren in den großen Hof hinein und als Erstes sah ich überall nur Katzen herumliegen. Da freute ich mich natürlich ganz dolle. Sie strahlten Entspannung, Gelassenheit und ein harmonisches Miteinander aus. Einfach nur schön. Die Finkalady kam um uns zu begrüßen und unser Urlaubsdomizil zu zeigen. Alles total gemütlich und urig. Vorm Häuschen ein kleiner Vorhof mit Kamin, von Grün umrandet. Blick aufs Meer. Zum Wohlfühlen. Müde von der Reise setzten wir uns natürlich gleich an den Gartentisch und tranken einen Kaffee. Schwuppdiwupp erschien eine Siamkatze und sprang auf Alphatiers Schoß. Sofort vereinnahmte sie ihn, schmuste, kuschelte und er brachte es nicht übers Herz, sie vom Schoß hinunterzustoßen. Als ich das so sah, fühlte ich schon, das hat eine Bedeutung. Von neun fremden Katzen, kam diese hübsche Blauäugige und suchte männliche Energie. Es war so schön, sie zu beobachten. Ein Schmusekätzchen wie ich es bin *lächel*. Am übernächsten Morgen, wir kamen gerade vom Wandern zurück, trafen wir die Finkalady mit einem kleinen Karton in der Hand. Sie rief uns zu: *„Heute Nacht wurde im Bett bei meinem Mann ein einziges Katzenbaby geboren. Von der Siamkatze. Schaut mal."* Sofort Feuer und Flamme, guggte ich mir das kleine Wesen an und hach, was soll ich sagen? So was Süßes aber auch. Ich war wirklich entzückt. Mein Entzücken aber ließ Alphatier zurückweichen, als ob die Kleine oder gar ich *kicher*, eine ansteckende

Krankheit hätten. Ich grinste nur breit vor mich hin, als ich das sah. Die Finkalady bemerkte natürlich mein Interesse und fragte mich, ob wir nicht Mama und Baby mitnehmen wollen. Sie könne das alles ganz schnell organisieren. Oh wenn es nach mir gegangen wäre, hätte ich gleich „JA" geschrien. ABER wir sind ja ein Rudel und da entscheidet man gemeinsam. So erklärte ich ihr, dass wir darüber sprechen würden. Da saß ich dann voll begeistert mit meinem Schatz bei einem Kaffee, in absoluter Idylle. Ich erklärte ihm natürlich, dass kleine Lealöwin sich ganz doll freuen würde über Katzenfreunde und dass es doch keine Zufälle gäbe. Ja und klaro, ich sagte: „*Schau mal, die Katzenmama hat dich doch schon bei der Ankunft zum Katzenpapa auserkoren.*" Eigentlich kann Frau ja wirklich Überzeugungsarbeit leisten, wenn sie etwas möchte, doch mein Schatz, schaute wenn auch grinsend, sehr skeptisch drein. Tja und ich Plappermäulchen gab nicht auf. Was mir aber auch alles eingefallen ist *hihi*. Ich schaffte es natürlich, dass er irgendwann einfach „aufgab" und zustimmte. Die Finkalady freute sich sehr und machte sich gleich dran alles in die Wege zu leiten. Ich rief schnell bei meiner Mutter an und sagte ihr: „*Erzähl meiner kleinen Lealöwin, dass wir ihr Katzenfreunde mitbringen.*" Meine Mutter meinte: „*Nein, das werde ich nicht tun. Sonst freut sie sich und ist enttäuscht, wenn es nicht klappt*". Mein Mamachen *grins*.

Als ob sie es geahnt hat, denn es lief nicht so, wie ich es mir gewünscht hatte. Wir erfuhren ein paar Tage vor der Abreise erst, dass das kleine Tigerchen vier Wochen alt sein muss, bevor es ausreisen darf. Das Alphatier war sichtlich erleichtert und ich sehr traurig. Dennoch war das ja schon logisch - irgendwie. Tja und mein Schatz meinte: „*Das tut mir wirklich leid, aber weißt du, eigentlich mag ich Siamkatzen gar nicht.*" Er sah dabei so süß aus, dass ich ihm nicht böse sein konnte. Ich selbst habe mich nie für Siamkatzen interessiert, aber diese hier, die war einfach anders. Und was mich besonders glücklich machte, waren dann seine weiteren Worte: „*Wir werden schon eine Möglichkeit finden, dass die beiden nachreisen kön-*

nen." Diesem Satz vertraute ich dann einfach. Die Finkalady fragte, ob ich mit zu den Katzis kommen möchte und ich schnappte meine Kamera und ging natürlich begeistert mit. Die ganze Zeit hatten wir sie in Ruhe gelassen, weil das Tigerchen doch noch so klein war. Als ich Mama Luna, ja hier war mir klar, so wird sie heißen, mit dem Tigerchen sah, verliebte ich mich wirklich.

Ja und dann nahm ich den Karton samt Katzen mit zu uns ins Gartenhäuschen, stellte ihn neben das Sofa und das Alphatier kam. Ich war gerade dabei uns einen Kaffee zu machen und beobachtete ihn. Oh das war so süß. Er streichelte beide und plötzlich erklärte er: *„Du Sabine, die Mama ist wirklich eine Hübsche, obwohl sie eine Siam ist und der Kleine, der ist ja so was von niedlich. Weißt du, ich habe noch nie so ein kleines Katzenbaby gesehen."* Nun ja *grins*, ICH hatte IHN noch nie so gesehen. Am Abend nahm ich dann Mama und Baby zu mir hoch aufs Sofa, was Mütterchen Luna sehr gut gefiel. So auch der zweite Abend. Luna war was Schmusen angeht unersättlich und so lag sie mit ihrem Körper auf meinem Bauch und mit dem Kopf auf meinem Herzen. Das Kleine lag an Mama gekuschelt und mein Herz war so weit, wie lange nicht mehr. Mein Schatz meinte dann nur: *„Ich hoffe, dass der Kleine ein Kater ist, weil nur Weiber um mich herum, das ertrag ich nicht."* Was genoss ich die Nähe dieser Tiere und meinem Schatz an meiner Seite. Es war schon ein ganz besonderes Gefühl so dazuliegen, mit einer Mamakatze auf mir, welche wiederum ihr Katzenbaby am Bauch liegen hatte, welches genussvoll nuckelte. Alphatier war fasziniert von der Szene und ich spürte wie es in ihm arbeitete. Ja und meine Luna fühlte sich echt wohl. Sie gurrte. Ja, sie klingt wie ein Täubchen, wenn sie schnurrt und das Kleine hatte sich dann hoch gewurschtelt und lag oben unter meinem Kopf am Hals und fühlte sich nur wohl. Also da wurde mir schon ganz komisch bei dem Gedanken in zwei Tagen alleine nach Hause zu reisen, ohne zu wissen, ob die Zwei wirklich den Weg zu uns finden werden. So was Inniges habe ich noch nie erlebt.

Dann kam der Abreisetag und ich versprach Luna, dass sie zu uns kommen wird.

    Die ganze Geschichte brachte noch viel Aufregung und auch Schmerz mit sich. Zwei Wochen nach unserem Urlaub, verstarb das Babykätzchen. Das traf mich hart. Zu nah waren wir uns in so kurzer Zeit gekommen. Dann bekam ich Angst, dass nun Mama Luna nicht mehr zu mir kommen kann. Ahnte ich doch, dass mein Partner nur sein „ja" gab, weil das Baby dabei war und er doch eigentlich, wenn schon, einen kleinen Kater haben wollte. Siamkatzen mochte er ja auch nicht. Als ich also die Nachricht vom Tod des Kleinen erhielt, habe ich bitterlich geweint. Und dann habe ich ihn angeschaut und gesagt: *„Darf Luna trotzdem kommen?"* Was sollte er sagen? Er konnte mir diesen tiefen Wunsch nicht verwehren. So ging das ganze Reiseorganisationschaos los. Wir brauchten einen Flugpaten. Beim Tierarzt war Luna ja schon gewesen und auch geimpft. Während ich dieser Sache erst mal seinen Lauf ließ, erreichte mich die Info einer lieben Freundin, dass sie eine kleine Katze bekommt. Da haben sich meine Lauscher natürlich gleich aufgestellt und ich habe nachgehakt, ob denn schon alle Babys vergeben sind oder ob da vielleicht ein Kater dabei sei, der ein neues Zuhause sucht. Und siehe da, dem war so. Damit war klar, ein neuer Kater hat seinen Weg zu uns gefunden. Seine Mama ist eine Scottish Fold und sein Papa ein schwarzer Straßenkater. Hier musste ich dann so lächeln, weil mich das Katzenelternpaar an Worte meines Partners erinnerten: *„Hach Sabine, ich möchte unbedingt mal wieder Aristocats anschauen. Ich mochte den Film."* Na klar, das passt doch wunderbar. Thomas O`Malley der Straßenkater trifft auf Katzenlady. Hihi. Mein Schatz ist auch so ein Straßenkater *lieblächel*. Das ist wirklich ganz lieb gemeint. Er zieht halt gerne wie ein Kater nachts um die Häuser. Nun ja und ich bin dann eher so eine, die gerne gemütlich zu Hause ist und ab und an halt mal vor die Tür geht. Somit war der Name unseres kleinen Katzennachwuchses geboren. Er ist ein Sohn des Straßenkaters

O`Malley aus Aristocats, also wird er auch so heißen. „O`Malley". Als dies alles geklärt war, erfuhren wir, dass die Finkalady einen Flugpaten gefunden hat. Was habe ich mich aber auch gefreut. So kam dann der Juli 2013 und Lunalady landete bei uns. Wir holten sie am Flughafen ab und es war ein wundersames Zusammentreffen. Sofort schmuste sie mit mir und wir waren uns so nah, so vertraut. Ja, hier wusste ich, sie wollte zu uns und daher fand sich auch ein Weg. Zufrieden schlief sie die ganze Fahrt über und zu Hause gelandet, stellten wir sie der kleinen Löwin vor. Nach zehn Minuten waren sie sich schon vertraut und in den Tagen danach lagen sie friedlich zusammen. Es war sooo schön. Lady Luna war glücklich, bei uns zu sein. Lealöwin konnte es noch gar nicht glauben und war selig. Das Glück aber wurde getrübt, weil wir gleichzeitig sehr schnell erkennen mussten, dass Lunalady sehr krank war. Wir holten eine Tierärztin, welche uns primär einmal einen viralen Infekt, inklusive Lungenentzündung diagnostizierte. Dann stellte sie noch fest, dass die ganze linke Zahnreihe vollkommen zugeschwollen war. Das alles dämpfte sehr die Freude ihrer Ankunft. Doch wir ließen nichts unversucht und setzten auch noch eine Heilpraktikerin ein. So wurde sie mit allen Mittel behandelt, die möglich waren. Aber vor allem bekam sie Liebe und ein Zuhause. Noch einmal erschrak ich dann, als die Tierärztin mir verkündete, dass Luna Leukose hat, die nicht heilbar ist. Dass wir nur versuchen können, ihr Immunsystem aufzubauen. Mehr nicht. Das war hart. Aber hier wurde mir auch klar, warum ihr kleines Tigerbaby verstarb. Zuerst spürte ich eine unsagbare Wut auf den Tierarzt in Teneriffa. Das hätte er doch alles erkennen müssen. Dann aber wurde ich ruhig. HÄTTE er DAS diagnostiziert, wäre Luna nie zu uns gekommen. Aber sie wollte, sie musste zu uns kommen. Nur hier hatte sie Chancen etwas länger zu leben, als sie es in Teneriffa hätte tun können. Und wir waren glücklich, sie bei uns zu haben. Das Seelchen aber auch.

Hundegetrappsel und Männergepolter

Kennt ihr das? Buaaaah - wenn man nachts keine Ruhe findet? *lach*. Also … eigentlich kann man mich überall hinsetzen und hinstellen und überhaupt. Ich kann sofort schlafen. Wenn das Wort „eigentlich" nicht wäre.

Der Abend. Mein großer Straßenkater zog noch durch die Gassen. Er vibrierte schon Tage durch die Energie der Kerwe, welche schon in der Luft hing und so zog es ihn hinaus. Für mich perfekt, weil ich ans Schreiben des zweiten Romans gehen konnte. Zufrieden und müde machte ich mich dann irgendwann auf in mein Bettchen und schlief ein.

Nach geraumer Zeit wachte ich auf, weil da jemand im Schlaf ein Schiff zusammenzusägen versuchte. Wenn es nur das gewesen wäre *seufz*. Klein Lealöwin, welche eigentlich genauso gut wie ich, überall und immer schlafen kann, wuselte durchs Schlafzimmer und fand auch keine Ruhe. Da ging mit schlafen gar nichts mehr. So zog ich gen Wohnzimmer. Dort war die Tür zum Garten auf und was ein Umtrieb draußen. Tja Sommer eben *tststs*. Die Nacht schlief wahrlich nicht. Licht beim einen Nachbarn und Geplauder. Katzengejammern und Hundegeheul aus einer anderen Ecke. Musik von irgendwoher. Aus der anderen Richtung Männerstimmen. Ne odder? Es war ZWEI UHR!!! Finden die alle ihr Bett nicht? Das dachte Lea wohl auch, rannte in den Garten und bellte nach Ruhe. Ich wiederum fand das gar nicht lustig, schnappte dann als Erstes die Kleine und schickte sie zur Sägemaschine ins Schlafzimmer. Sie blieb tatsächlich dort. Wohl der Fürsorgeinstinkt *kicher*. Dann legte ich mich zum schlafen aufs Sofa und es klappte sogar - für eine Weile. Bis ich ein seltsames Geräusch aus der Wohnung hörte, dazu kam Hundegetrappsel und Männergepolter, welches mich von dem ursprünglichen Geräusch ablenkte. Ich öffnete meine Augen und sah den streunenden Menschenkater an der Wohnzimmertür stehen. Neben ihm Lea. Er kam zu mir um und meinte: *„Hach ist es hier im Wohnzim-*

mer so schön kühl. Habe ich geschnarcht?" Ich dachte nur: "*Ne, nie und nimmer.*" und grummelte: "*Lasst mich doch endlich alle einfach nur schlafen.*" Er grinste und ging. Doch sofort kam die Löwin angewitscht, sprang auf mich drauf und begrüßte mich, als ob ich tagelang weg gewesen wäre. Klaro konnte hier ja nicht das zweite Raubtier fehlen und schwuppdiwupp kam Luna an stolziert, sprang aufs Sofa und wollte sich an der Löwin vorbeischlängeln. Lea die mittlerweile doch schon ab und an eine Katzenohrfeige bekommen hatte, wenn sie zu freudig aufdringlich war, ist in einer solchen Situation bisher immer weggegangen. Nicht aber dieses Mal. Nein, denn dann hätte ich ja ruhig weiter schlafen können *grummel*. Aber es war wohl nicht die Nacht von Schlaf und Stille. Eindeutig nicht. Während ich versuchte Ruhe ins Raubtiergeklüngel zu bringen, hörte ich aus der Schlafkoje wieder ein lautes entspanntes Schnarchen. Tja der Straßenkater - wenn er so weitermacht, ist das Schiff bald in Kleinteile zersägt. Mit Hund und Katz kam ich auch nicht weiter. Lea zeigte mir immer noch ihre Freude bei mir zu sein, während Lunalady voll Gelassenheit versuchte, es sich auf mir bequem zu machen. Erneut sprach ich zuckersüß zur Löwin: "*Auf schnell zum Herrchen.*" Hach, das ließ sich die Kleine nicht zwei Mal sagen. Schwanzwedelnd sprang sie von dannen, hinweg zur Schlafkoje. Lunalady konnte sich nun schnurrend auf meinen Brustkorb legen. Sie drückte sich, wand sich, freute sich und wollte meeeeeeeeeeeehr. Und ich wollte doch einfach nur schlafen. Plötzlich von jetzt auf nachher, sprang sie davon und ich dachte: "*Jetzt, ja jetzt hast du deine Ruhe.*" Aber dem sollte nicht so sein. Das Geräusch welches ich zuvor schon in der Wohnung gehört hatte, begann erneut. So stieg ich auf und folgte ihm, landete in der Küche, wo noch eine Tüte am Schrank hing in der leeres wundervoll riechendes Papier drinnen lag. Papier in dem zuvor Wurst eingewickelt war. Ich hatte sie vergessen in den Müll zu werfen gestern nach dem Einkauf. Und Lunalady hing schon halb in der Tüte drin und scharrte und suchte. Da musste ich doch wirklich grinsen und ich freute mich, dass sie etwas fressen wollte, da sie Tage zuvor nur unterm Bett lag und nichts zu sich nahm. Jepp sie boykottierte das Katzenfutter und wollte Hundefutter. An ihrem Futter roch sie nur, schüttelte angewidert ihren Kopf, schaute mich an, als ob ich ein Verbrechen begangen hätte, miaute, schimpfte und verzog sich unters Bett.

Zurück zur Tüte. Ich sah also wie sie schon fast in dem Ding verschwand, lachte, und da ich ja kein Dummerchen bin und ihr gestern RINDerkatzenfutter kaufte, weil Leas Futter auch Rind ist, machte ich ihr das Futter für sie auf und stellte es auf ihren Platz. Sie sprang gierig dorthin und begann lustvoll zu fressen. Erneut legte ich mich schlafen, selig, endlich Ruhe zu haben und wumm, hörte ich draußen eine Sirene. Durchdringend und laut und da hatte ich dann definitiv keinen Bock mehr weiter zu schlafen.

Ich setzte mich nach draußen in den Garten und bei plätscherndem Brunnen, mit einer schönen heißen Tasse Kaffee, fragte ich mich, womit ich diese Nacht verdient habe *lach*. Ich genoss die Stille und den Frieden, denn das Rudel drinnen schlief endlich tief und fest.

Ein paar Wochen später kam dann Katerchen O`Malley, welcher übergangsweise bei meiner Schwester Stefanie und ihrem Hund Murphy lebte, endlich zu uns. Das war so, da das Katerchen ja gegen Leukose geimpft werden musste, wegen der Ansteckungsgefahr. Bei meiner Schwester verlebte er wundervolle Wochen, in denen wir ihn immer besuchten. Es war schön, auf diese Weise miterleben zu dürfen, wie er sich entwickelte. Ende August kam dann der große Tag, da wir ihn zu uns holten. Klein Lealöwin war wufflos. Ja, sie war hin und weg von dem kleinen Strolch und bei den beiden war es Liebe auf den ersten Blick. Luna wiederum hatte durch seine Ankunft mehr Ruhe, da Lea anderweitig beschäftigt war. Das tat ihr natürlich auch gut. Die kleine Löwin und er kleine Fratz tobten durch die Wohnung und das war ein Bild für Götter. Sie hatten sowas von Spaß, einfach nur schön. Ja, das Großrudel war glücklich.

Rudelchaos

In der Früh, wenn Alphatier schläft, da habe ich eigentlich Muse zum Schreiben. Ach da isses ja wieder das Wort „eigentlich" *grins*. Und so saß ich eines Morgens am Rechner …

Rudelchaos vom Allerfeinsten. Lunalady wie üblich auf meinem Schoß sitzend, dabei böse grummelnd und fauchend, weil O`Malley ihre Aufmerksamkeit einforderte. Lealöwin kam neugierig an getrippelt, weil so ein Radau war. Ein Blick nur auf das Katzendilemma, ließ sie den Entschluss fassen, zum Alphatier in die Schlafkoje zurückzuwandern. Das mag sie ja ganz und gar nicht meine kleine Harmoniesüchtige. Und das auch noch am frühen Morgen, wo sie doch eine Langschläferin wie ihr Herrchen ist. Ich beschloss mir meinen Kaffee zu machen, verfrachtete Luna auf den Boden und marschierte gen Küche. Aber ich hatte natürlich nicht mit den Katzen gerechnet. Ein Gang in die Küche bedeutet für sie natürlich nur Eines. Fressen. Also die Raubtierfütterung begann. Lunalady stürzte sich auf den Napf - nur leider nicht auf ihren Eigenen. Nein, sie wollte natürlich Babyfutter. Katerchen aber schlich sich auch dorthin, denn das war doch sein Fressplatz. Luna aber machte sich grooooß und fauchte ihn an. O.k., da blieb natürlich für mich nur durchgreifen. Schnell stellte ich das Futter der großen Kleinen auf ihren Fressplatz, packte sie und setzte sie davor. Oh was hat sie mit mir geschimpft. Dann holte ich O`Malley zurück, der geflohen war und setzte ihn vor seinen Napf. Hach es funzte. Resolut muss man halt sein. Zufrieden waren sie und ich konnte endlich mit meiner Kaffeetasse zurück an den Rechner. Lunalady fand sich dann nach einer Weile erneut auf meinem Schoß ein und Katerchen stromerte quietschvergnügt zwitschernd, ja zwitschernd, durch die Wohnung. Ab und an sah ich ihn ein paar Katzenrollen und Gazellensprünge machen und grinste vor mich hin. Irgendwann fand er dann ein Plätzchen zum Ruhen und da tauchte auch die kleine Löwin wieder auf. Sie sah ihn, legte sich zu ihm und zusammengekuschelt schliefen sie selig. Der Tag verging dann ausgesprochen ruhig. Sie schliefen nämlich. Doch dann waren sie natürlich irgendwann ausgeschlafen. Ja - ausgeschlafen. Die Post ging ab. Leider hatte ich „eigentlich" - ach ich liebe dieses Wort mittlerweile - vor, auf dem Sofa auszuruhen. Luna hatte sich klaro, gleich ihren Platz auf meinem Schoß geangelt und wollte es mir gleichtun. Diesen ihren kuschlig gemütlichen Platz wollte sie sich auch nicht nehmen lassen. Doch der kleine Rotzlümmel sah das anders und tat auch alles, um unsere Ruhe zu stören. Mama Luna aber zeigte dem Kleinen, wo es lang geht. Katerchen tat dann so, als ob er sie in Ruhe lassen würde. Schlich sich aber klammheimlich dezent an die Couch ran und saß dann neben uns auf dem Boden. Er beobachtete zielsicher den wippenden Schwanz der ruhenden nichts ahnenden Luna. An seiner ganzen Haltung sah man, dass er sich sicher war, dass genau dieses sich bewegende Etwas, sein nächstes Spielzeug sein würde. Er kauerte sich zusammen, spannte den Körper an, so als ob er es gleich mutig wagen würde ... doch plötzlich schien ihm die Courage von dannen zu fliegen. Glücklicherweise tauchte Lea auf und sie wurde zu seinem neuen Ziel. Diese wiederum hatte ja ganz und gar keine Lust auf ihn, weil sie noch immer frustriert von ihm war. Sie hatte nämlich die Hinterlist des Katerchens kennengelernt. Zu gerne versteckt er sich und fällt sie dann von hinten an. Das hat ihr ganz und gar nicht gefallen. Wo sie selbst doch so geradeheraus ist. Katerchen aber wusste, wie er die kleine Große provozieren konnte. Er rannte zu ihrem Ball, welcher mit Leckerlis gefüllt war. Eiderdaus aber auch. Da wurde aus Lea, welche doch denkt sie sei eine Löwin, eine wilde, ungebändigte Wölfin. So hatte ich sie ja noch nie gesehen. Ich musste sie sogar „runterholen", so wild war sie drauf. Katerchen flüchtete. Zuerst. Er beobachtete sie weiter im Geheimen und als er spürte, es herrscht keine Gefahr mehr, wurde er erneut übermütig und abenteuerlustig. Mit einem Anlauf startete er eine Attacke, gegen die kleine Wölfin und doggte sich mit seinen Krallen und seinem Gebiss in ihrem Fell fest. Das wiederum konnte die Löwenwölfin ja gar nicht ab. Sie ist ja in der Basis ein friedLIEBENDes Mädel, aber sie mag es ganz und gar nicht, wenn sie an den Haaren festgehalten wird. Sie schüttelte ihn ab und drehte sich ganz geschwind zum Kater hin. Der erschrak so darüber, weil eben nicht gewohnt von der lieben Lea aber auch, dass er aus dem Stand heraus, senkrecht in die Luft sprang, um dann auf dem Rücken zu landen. Er hat wohl vergessen, dass er eine Katze ist. Die haben halt keine Flügel wie ein Vogel *grins*. Kaum gelandet, rannte er auch schon davon und die Wölfin ihm hinterher. Katerchen stellte sich seiner Spielgefährtin erst, nachdem sie ihn durch die ganze Wohnung gejagt hatte. Und das war dann köstlich. Sie standen sich gegenüber. Auge in Auge. Ich war neugierig, was nun geschehen würde, aber die Anspannung schien draußen zu sein. Es begann ein sich gegenseitiges Pfotentappsen, sich festhalten und leichtes Fellbeißen. Alles aber ganz spielerisch. Zu diesem Zeitpunkt, kam dann das Alphatier von der Arbeit heim und die Tiere steckten uns so an mit ihrem Spieltrieb, dass wir bis Mitternacht mit ihnen rumtobten. Sockenjagen, Versteckerlis spielen. Fellmäuschen jagen und überhaupt. Es war ein traumhaft schöner Tagesausklang.

Katerchen und Kater auf dem Baum

Hach, ich glaubs ja nicht. Also mit einer Erkältung rummachen ist ja nicht schön und damit aufwachen auch nicht. ABER, *hach*, es gibt doch selbst in diesen Momenten immer wieder etwas, dass das Herz erfreut :-).

Katerchen O`Malley war also drei Wochen bei uns. Lunalady aus Teneriffa hat ihm in dieser Zeit Respekt beigebracht. Sie war dabei so zickig, dass sogar Lealöwin ihren Unwillen per Watschen zu spüren bekam, wenn die Oberkatze genervt vom kleinen Chaoten war. Lunalady war eifersüchtig und wollte nicht teilen. Lealöwin durfte zu mir kommen. Katerchen nicht. O´ Malley wiederum fühlte sich ausgeschlossen, weil die Mädels gut miteinander können und er nicht teilhaben durfte. Er aber WOLLTE, das Luna ihn mag und so versuchte er immer wieder an die Lady ran zukommen, selbst wenn es Ohrfeigen hagelte. Lealöwin wiederum ging dann immer zu den beiden und kusselte sie. Ich sagte ja bereits, sie ist meine kleine Harmoniesüchtige.

Fazit der drei Wochen war, dass sich schon alle drei zu uns aufs Sofa legten, Lealöwin aber immer in Abstand von den Katzen, weil sie ja nun weiß, dass es da Ohrfeigen hageln kann. Aber meist war Lunalady die Einzelgängerin und Katerchen und Löwin lagen schmuselig zusammen. Dann ein Morgen, an dem ich meinen Augen nicht traute. Dieser kleine Frechdachs aber auch … Lunalady lief gemütlich den langen Flur entlang. O`Malley, so schnell konnte ich gar net gugge, rannte los, sprang Luna auf den Rücken und blieb drauf liegen. Luna pfotelte gelassen weiter den Gang entlang. Katerchen sprang runter und begann mit Lunas reizvollen Katzenschwanz zu spielen. Auch das tangierte sie gar nicht. Hier wurde dem Kleinen die Ignoranz von Luna wohl etwas suspekt und er ließ seine überlaufende Energie am Spielzeug im Wohnzimmer aus. Tja und es war Wochenende. Wir frühstückten. Draußen war ein schöner Augusttag. So beschlossen wir, dem kleinen Kater einen zweiten Ausflug in den Garten zu schenken. Dieser aber brachte den kleinen Kater zum Jammern und den großen Kater auf den Baum *kicher*.

Kaum waren wir draußen, witschte Katerchen davon, kletterte auf einen Baum hinauf, weil da oben etwas zwitscherte.

Klaro, da muss man doch nachschauen, was das ist. Kaum oben, war das Vögelchen natürlich schon davongeflogen und er wollte zu uns runter. Ging aber nicht. Hier durfte ich das erste Mal erleben, wie erbärmlich der Kleine schreien kann. Also so eine laute Katze hatte ich wahrlich noch nicht. Dann bekam er Panik, der kleine Wurz und weil er nicht runter konnte, kletterte er das dünne Geäst immer höher hinauf. Das Problem dabei war dann auch noch, dass bei uns im Garten Bäume und Sträucher dicht beieinander stehen und alles sehr eng ist. Dann noch direkt daneben die hohe Gartenmauer zum Nachbarn. Da standen wir, schauten nach oben, riefen Katerchen, doch nichts half. Er wurde nur lauter und hektischer. Ich, in meiner mütterlichen Überfürsorge, sagte zum Alphatier: *„Raufklettern, runterholen."* Hihi. Ihm blieb also nichts anderes übrig. Der Arme aber auch. Katerchen hatte sich einen eng verzweigten dünnästigen Baum ausgesucht. Für Mann nicht unbedingt leicht zu beklettern. Er suchte sich die stärksten Äste raus, setzte die Füße dicht am Stamm ab und Frauchen, wie es sich gehört, gab den Ästen Halt, soweit es in ihrer Kraft lag. Katerchen aber dauerte das alles viel zu lang und er jammerte immer lauter, panischer und panischer. Und ich, ich hätte soooo gerne meine Kamera dabei gehabt. Hach was hätte ich das aber auch gerne fotografiert. Aufmerksam schaute ich zu, wie mein Liebster sich den Baum hochangelte und was mir dabei im Kopf rumging, das verrate ich hier nicht *kicher*. Nein, das kann ich nicht verraten. Es war ein Kopfkino vom Allerfeinsten. Endlich landete er beim Kater, packte nach ihm, doch dieser krallte sich in den Stamm fest. Mein großer Baumsteiger hing mittlerweile hoch oben, irgendwo in den Ästen drinnen und versuchte das Katerchen vom Baum loszubekommen. Endlich schaffte er es, fand dann aber keine Zweige an denen er wieder hinabsteigen konnte, denn mit einem sich windenden kleinen Etwas in den Händen, konnte er nicht nach unten schauen. Liebes Frauchen half hier natürlich erneut und zeigte den Füßen den Weg. Und nein, ich verrate noch immer nicht, was mir mein Kopfkino abspielte :-).

Dann war es soweit und ich konnte nach dem Katerchen greifen, der mich mit großen verschreckten Augen ansah und sofort in meine hilfreichen Arme kletterte. Der große Kater meinte nur: „*Ich habe auch nicht gedacht, dass ich nochmal auf einen Baum klettern muss.*" Ich wiederum durfte endlich lachen und das Bild bekam ich dann den Rest des Abends nicht mehr aus dem Kopf. Welches verrate ich nicht *lieblächel*.

Zwei Sumoringer

Sonntag. Wunderbar. Zeit zum Ausschlafen … dachten wir an jenem Sonntag … doch der Racker O`Malley und seine Freundin Lea, hatten beschlossen ihren Frühsport ins Bett zu verlegen. Bisher war das nie wirklich störend, doch Katerchen war ja nun schon 5 Monate alt und fast so hoch, wie die kleine Löwin. Diese wiederum, war nicht mehr das fürsorgliche Mamachen, wie zu Beginn. Nein, sie zeigt ja nun ihre Wolfsseite und kann wahrlich zu einem zurechtweisenden knurrenden Etwas werden, vor dem dann sogar O`Malley Respekt hat. Und DAS hat schon was zu sagen *grins*. Wir konnten dann also nicht mehr schlafen und begannen den beiden zuzusehen und es war köstlich.

Man stelle sich also vor, unser Bett ist ein „Boxring". Katerchen und Hündin stehen sich wie zwei Sumoringer gegenüber. Fixieren sich. Stille vor dem Kampf. Dann urplötzlich, springt Sumokater auf Sumohündin. Umfasst sie mit seinen Vorderbeinen und ändert spontan die Spielregeln, in dem er mit angelegten Ohren in ihren Hals beißt, während er sie feste umklammert. Lea, welche das mittlerweile schon kennt, wendet eine „ich wurschtel mich raus Drehung" an. Der Kampf beginnt von vorne. Anders wie früher, als Lea noch hilflos auf dem Rücken liegen blieb und Katerchen das auskostete *grins*.

Weiter im Geschehen. Stellt euch O`Malley vor, mit nachdenklichem Gesichtchen: *„Wie krieg ich die Löwin auf die Matte? Ich bin ein Kater und will natürlich nicht, dass ein Mädel den Kampf gewinnt."* Lealöwin aber, selbst im Kampf noch achtsam, kennt ja mittlerweile seine Tücken. Also neue Zeiten sind angesagt. Katerchen legt erneut los, bemerkt aber schnell, dass Lea denn doch ein wenig kräftiger ist als er und springt vom Bett. Welch Niederlage aber auch. Lea kusselt mich erfreut und legt sich dann zufrieden hin. Nur wir haben nicht mit dem Verlierer gerechnet, welcher ums Bett geschlichen war, um urplötzlich die Siegerin überraschend von hinten zu überfallen. Nun eine neue Lektion für Lea. Aus den Augen, aus dem Sinn - geht bei O`Malley definitiv nicht. Doch auch das wird sie lernen. Ja, so kann ein Morgen beginnen *lächel*.

Solche morgendlichen Intermezzos gab´s dann natürlich noch viele. Der Sommer verging, der Herbst kam. Wir genossen trotz Lunas Kränkeleien und sonstigen Querelen unser kleines Rudel sehr.

Lea die Jägerin und Mutterlöwin

Dieses Rudel aber auch *grins*. Im Speziellen Lea, welche mir immer mehr zeigt, dass sie ihrem Namen alle Ehre macht. Da saßen wir beim späten Frühstück, an einem Oktoberwochenende zusammen und ich erzählte meinem Alphatier, was am Vorabend so alles geschehen war und was er verpasst hatte.

Lealöwin hat ab und an das Bedürfnis, ein Kuschelnilpferd zu beglücken. Wenn sie in dieser Phase ist, kann ich sie von diesem Gejuckel einfach nicht abhalten. So war das denn am Vorabend. Da half nur Alphawölfin leben, Nilpferd wegnehmen und auf die Schlafzimmerkommode verfrachten. Die zu ertragende Konsequenz für mich war dann eine Hündin, die sich vor die Kommode setzte und zum Nilpferd hoch heulte. Strenge Worte meinerseits halfen rein gar nichts. Verweise auch nicht. Ablenkung auch nicht. Nun ja, ich übe mich halt noch als Rudelführerin. Wie auch immer, irgendwann hatte ich keinen Bock mehr und ging an meine Arbeit. Das Gejaule wurde lauter und lauter und erbärmlicher und erbärmlicher. Irgendwann aber dann Stille. Oh wie schön. Es war Ruhe. Ich konnte es kaum glauben. Oh was war ich glücklich und nutzte die Zeit zum Schreiben. Dann aber schlich sich so ein seltsames Gefühl ein. Hm. Sollte ich diesem Frieden wirklich trauen? Nein, lieber nicht. So schlich ich mich ganz leise, soweit es meine menschlichen Samtpfoten zuließen, gen Schlafzimmer. Was ich hier sah, mein Gott, ich hätte am liebsten laut heraus gelacht, so schön war das anzusehen. Aber das durfte ich ja nicht als Rudelführerin. Breitbeinig stand die kleine Wilde über meinem, natürlich MEINEM Kopfkissen und erlegte es mit ihren Raubtierzähnen. Was heißt erlegte? Nein, das Ding war schon tot. Sie war schon mittendrin die Beute auseinanderzunehmen, welche sich als Federvieh zeigte. Der Erfolg war deutlich sichtbar. Ich glaube nicht, dass dies meiner Bettwäsche gefallen hat. Ich zumindest kämpfte zwischen Lachen über den Anblick und dem Ärger, dass sie sich ausgerechnet meiner Lieblingsbettwäsche gewidmet hatte. Schnell unterbrach ich ihre Jagdaktion und verwies sie auf ihren Platz, um die rumliegenden gerupften Federn zu beseitigen. Ihr Blick, auf dem Bild zu sehen, sagt ja alles *grins*.

Damit fertig, ging ich nach dem Restrudel schauen, welches sich mittlerweile versammelt hatte. Alles paletti, beschloss ich etwas auf dem Sofa zu ruhen. Alle drei Katzen lagen bei mir. Die Löwin wieder friedlich, wohl müde von ihrer Jagdaktion, lag kuschelig am Rande. Luna wie üblich auf mir drauf und Katerchen durfte sich sogar direkt neben Lunalady legen. Diese tolerierte es. Katerchen aber dachte, die Näheerlaubnis der Großen ausnutzen zu können. Deren unruhiger Katzenschwanz war aber auch wirklich eine zu große Verlockung für klein O`Malleys Spieltrieb. Er übertrieb es natürlich so, dass Lunalady aus ihrem Dämmerschlaf herauskatapultiert wurde und ach, ich kann es so nachempfinden *lach*, sie ihn anfauchte und blitzeschnell zur Boxerin wurde, welche ihm zeigte, dass er nicht ihre Gewichtsklasse hat. Meine Mama Lea aber sprang sofort auf und löwenmutig ging sie zwischen die beiden, setzte sich aufrecht zwischen Lunalady und den Racker, der vor Schreck nur noch halb auf dem Sofa lag. Was ich dann aber sehr interessant fand war, dass Lea sichtbar auf Lunas Seite stand, indem sie dem Kater ihren Rücken zudrehte und für einen Augenblick auf Lunalady zuging, um sie zu busseln. Ich lächelte. Lea begann tatsächlich O`Malley seine Grenzen anzuzeigen und kann nun wohl auch nachvollziehen, dass Lunaladykränkelchen ab und an einfach mal um sich schlägt, wenn sie abgenervt wird. Auch ihr, Lea gegenüber. Nach diesem kurzen Intermezzo, suchte sich jeder sein eigenes Plätzchen und ich bekam endlich meine ersehnte Ruhe.

Auch hier lernte ich wieder etwas für mich. Manchmal ist es besser genervte Menschen einfach in Ruhe zu lassen und dann auf sie zuzugehen, wenn sie wieder in der Lage sind, Fürsorge oder Hilfe anzunehmen. Denkt man, gleich für sie da sein zu müssen, könnte man das abbekommen, was eigentlich für den Ärgerverursacher bestimmt war *lächel*.

Baldrian und seine Wirkung

Ein Tag, an dem ich wieder einmal vom Rudel abgelenkt wurde. Katerchen war gerade dabei zu beweisen, dass er ein KATER und kein KaterCHEN ist und provozierte Lealöwin mit Sumoumarmungen vom Allerfeinsten. Die Ohren lagen so dicht am Kopf, dass es dichter nicht mehr ging und er bekam richtige Schlitzaugen. Die Umarmungen mutierten zu Umkrallungen, die Bisse wurden kraftvoller. Und was machte Lealöwin? Sie hat wohl von Lunalady gelernt. Sie blieb liegen, ignorierte KaterCHEN, gähnte ihn an und zeigte ihm damit, dass er erst mal erwachsen werden soll *grins*. Dann ging's ans Lunalady füttern. O`Malley hatte schon in der Früh seine Mahlzeit zu sich genommen. Was machte Lunalady zu meinem Erstaunen? Sie tapste zum Kater(chen) hin und lief, sich an ihn drückend, an ihm vorbei gen Napf. Ups? Waren das gar Annäherungsversuche? Katerchen zumindest schaute sehr verdattert drein, wegen dieser Fellstreicheleinheiten von unerwarteter Seite. Später beim Frühstück, ein idyllisches Bild. Katze und Kater(chen), sowie Lealöwin neben uns am Tisch. Kater(chen) im Versuch der Kontaktaufnahme zu Lunalady. Diese rollte sich auf dem Boden, als ob sie rollig ist. Ich nun vollkommen irritiert. Plötzlich fiel mein Blick auf eine zerfetzte kleine Tüte. Daneben ein Katzenriechkissen Baldrian, welches eigentlich IN die Tüte gehörte. Luna begann den Boden ab zu riechen und wurde immer rolliger. Ich grinste nur noch, weil ich mich am Vorabend fragte, womit Katerchen hinter dem Vorhang rumspielte und warum Lunalady voller Interesse zu ihm ging und ihm den Rest des Abends folgte, als ob er ihr bester Freund sei. Luna liebt Baldrian und breitgrins ... Kater(chen) roch nun nach Baldrian. So kann auch ne Freundschaft entstehen *grins*. Tja und hier wurde mir klar, dass ich langsam aufpassen muss. Denn irgendwann wird aus Kater(chen) schließlich ein Kater. Das spürte Lunalady wohl auch :-).

Lady Luna geht Gassi

Lunalady, welche es ja von der Finka her gewohnt war Freigang zu haben, darf ja nicht mehr raus, damit sie andere Katzen nicht infiziert. Wir haben ihr zwar für einen Teil des Gartens ein Freigehege gebaut, doch das ist nicht für Auslauf gedacht, sondern eher zum Sonne tanken. Nun aber hatten wir ja schon Herbst, also kein Wetter um nur im Freigehege rumzuliegen. Aber jedes Mal, wenn O`Malley und Lealöwin mit uns im Garten waren, lief die Lady in ihren

Freilauf und schimpfte mit uns. Lea rannte dann immer gleich hin, um sie durch das Katzennetz zu trösten und zu busseln. Tja, Luna wollte mit dabei sein und so mussten wir einen Kompromiss finden. Ich dachte mir, es wäre ein Versuch wert, ihr ein Katzengeschirr zu kaufen. Eigentlich würde ich einer Katze niemals ein Halsband anlegen. Ich mag sie ja nicht „binden". Aber der Fall lag ja bei Lunalady gerade mal anders. So besorgte ich ihr eines und sie ließ es sich ohne Probleme anlegen, warf sich danach sogar auf den Rücken und schmuste gar lieblich. Als ob sie ahnte, was DAS bedeutete. Mein kleines kluges Mädchen aber auch *lächel*. Dann knüpften wir noch eine lange dünne Leine an das Halsband und gingen mit dem Kleinrudel in unseren Garten. Luna genoss es vom ersten Augenblick an. Sie lief ihre Ecken ab, während Lealöwin und O`Malley durch den Garten tobten und ich, weil ich zu dem Zeitpunkt wirklich nicht fit war, es mir auf dem Gartenstuhl in der Sonne mit Kamera bequem machte. Weder Geschirr noch Leine störten die Dame. Sie war einfach nur glücklich, draußen zu sein. Nachdem Luna ihren Rundgang erledigt hatte, kam sie zu mir, kletterte auf meinen Schoß und ich wusste, die Entscheidung war richtig. So zufrieden war sie mit ihrem immer tränenden Auge und ständigem Niesen. Doch der Spaziergang sollte damit noch nicht vorbei sein. Katerchen rannte in den Hof, Lealöwin wollte hinterher, also sagte ich meiner Mondlady wir gehen noch ein wenig spazieren. Sofort verstand sie den leichten Zug an der Leine und wir folgten Alphatier, Katerchen und Lealöwin in den sonnigen Hof. Lunalady stellte sich bei der Nachbarin vor und Lealöwin passte auf Luna auf. Überhaupt war Lea voll glücklich, dass wir alle zusammen unterwegs waren. O`Malley in seinem Spieltrieb, erforschte den Hof und dann trafen sich die drei Tierleins, um sich gemeinsam in die Sonne zu legen. Hach mein Herzchen ging auf. Nach einer Weile wollten wir wieder rein und ich rief mein Rudel zusammen. Lunalady hörte sofort, kam zu mir und wir liefen vorneweg zurück in den Garten. Lealöwin folgte und hintendrein kam O`Malley der Schlawiner angerannt. Es war ein herrlicher Anblick, wie sie uns alle zurück in den Garten folgten. Lea und Luna gingen sofort ins traute Heim hinein. Luna schmuste mit mir und war selig. Alphatier grinste mal wieder nur vor sich hin. Ja, mein süßes Rudel. Sie sind eine wahre Freude.

Auf der Mauer, auf der Lauer, saß der kleine Kater

Da saß ich in meiner Schreibstube und genoss die Stille. Plötzlich hörte ich ein lautes Miauen vom Katerchen, welches ich konsequent ignorierte, das aber nicht aufhörte. Es kam vom Garten her. Dieses Gejammer hatte der süße Wilde, der gerade beginnt zum Schmusekater zu mutieren, von klein an gut drauf.

Wo mir gerade einfällt, wie clever Lealöwin und ich gestern waren, was Katerchen betraf *grins*. Nach dem gemeinsamen Lunagassirudelausflug nämlich, wollte O`Malley draußen bleiben, was Lealöwin traurig stimmte. Als sie ihn dann durch das Freigehege, im Garten auf der Mauer sitzen sah, bellte sie nach ihm, doch er reagierte nicht. Lealöwin bellte lauter, was ihn absolut nicht tangierte. Ihm ging es gut, da draußen in der Freiheit und das zeigte er ihr auch. Er saß da, mit dem Rücken zu ihr und putzte sich - da oben auf der Mauer. Lea aber mag es nicht ignoriert zu werden. Hihi - das kommt mir bekannt vor. So beschloss ich mit der Löwin eine Runde schlafen zu gehen. Ein auftauchender Gedanke aber, brachte mich breit zum Grinsen. So sagte ich zu Lea: *„Den kriegen wir Süße."* Lealöwin schaute mich nur an und wartete. Ich öffnete das Schlafzimmerfenster und Katerchen saß mittlerweile dem Fenster gegenüber auf der Mauer. Er sah mich und erkannte sofort, dass ich mich im Schlafgemach alias Rudelhöhle befand. Eiderdaus aber auch *lach*. Sofort miaute er, schaute nach unten auf den Boden und überlegte, wie er von dieser blöden Mauer runterkommen könnte. War aber dann doch zu hoch für ihn. So rannte er laut miauend die Mauer entlang, zurück in den Garten und ich sagte zu Lealöwin: *„Wir haben ihn. Wir haben ihn. Komm wir gehen in den Garten."* Katerchen uns dort sehend, laut fordernd miauend, suchte seinen Weg von der Mauer runter. Hihi. Eigentlich kennt er den, aber irgendwie schien er voll durch den Wind zu sein und konnte nicht mehr klar denken. Klaro, ich Menschilein interpretiere das natürlich auf meine Weise. Katerchen wollte bestimmt und UNBEDINGT mitkuscheln in der Rudelhöhle. Deswegen reagierte er so chaotisch. Ich zeigte ihm den Weg, den er sonst immer geht. Also über das Vogelhaus. Es dauerte eine Weile, bis er wieder ruhig genug war, um zu kapieren ... doch dann sprang er aufs Vogelhaus und streckte sich nach mir aus. Ich holte ihn runter, setzte ihn ab und sagte zu meinen beiden Kleinen: *„Ab ins Bett."* Natürlich mehr in der Hoffnung, O`Malley würde das verstehen, als im Glauben daran *kicher*. So lief ich los, gen Wohnung, die beiden folgten mir und überholten mich *lach*. Lea und O`Malley waren letztendlich sogar vor mir im Bett. Kaum lag ich, kam der kleine Schlingel laut miauend auf mich zu, rieb seinen Kopf in meiner Hand, stieg auf mich drauf, entspannte sich, rutschte an meinem Körper runter und lag in meiner Halsbeuge. Er kuschelte sich an mich und jedes Ma wenn ich aufhörte ihn zu streicheln, forderte er es mit lautem Miauen erneut ein. Tja, er hat das Schlafzimmerfenster doch erkannt und der Wunsch geknuddelt zu werden, hat ihn zu uns getrieben. Er ist schlauer als ich gedacht habe :-)... und die Wärme, Nähe und Liebe von Lealöwin und mir, waren ihm dann doch wichtiger, als die Freiheit, ALLEINE auf der Mauer. Tja "MÄNNLICHE Katze" eben *lieblächel*.

O`Malley der Mimosenwilde

Dieser Kater aber auch *lach*. Endlich saß ich bei einem mittlerweile kalt gewordenen Kaffee, an meinem Rechner und Lunalady hatte es sich bei mir auf dem Schoß bequem gemacht. Doch zuvor sorgte Katerchen für helle Aufregung. Nämlich gerade als ich mich so über die E-Mail einer Freundin freute und an meinem so schön heißen Zimtkardamonvanillekaffee schlürfte. Da hörte ich also irgendwo da draußen, ein erbärmliches Miauen in einer Lautstärke, als ob ein Katzenfeuerwehrauto unterwegs wäre. Erst wollte ich es ignorieren, doch diese Tonlage aber auch und dann noch soooo laut, dass es die ganze Nachbarschaft hören konnte, kannte ich denn doch noch nicht vom Katerchen *grins*. Als denn, da binn isch halt uffgschdanne, binn mit de Löwin in de Garde naus - awwer weit und breit war keen Kater zu sehe.

(Für jene die meine Sprache nicht beherrschen *grins*: „ Also dann bin ich eben aufgestanden, bin mit der Löwin in den Garten hinaus, aber weit und breit war kein Kater zu sehen.")

Ich rief nach ihm, Lea bellte nach ihm und sein Geschrei war wieder zu hören. Noch lauter als zuvor. Das Gebrüll kam von der anderen Seite der Mauer. Ignorant wie ich gerade eingestellt war, dachte ich mir, er hat uns gehört und will nun wieder in unseren Garten - also soll er mal sehen, wie er da wieder rüberkommt zu uns. Wer den Weg nach draußen findet, sollte ihn auch wieder zurückfinden. Kenne doch meinen kleinen Pappenheimer. Wenn der heim will, funktioniert sein Hirnchen nicht mehr und er ist so aufgeregt, dass er gar nichts mehr weiß und nur noch jammert. Also wollte ich zurück in die Wohnung marschieren. Aber ich musste den Gang stoppen, da sein Miauen so laut wurde, dass ich mich fragte, wie er überhaupt so ein hohes Pegel erreichen konnte. So drehte ich mich um, lief in das Gartenbeet, mit meinen Hausschuhen natürlich, weil viel zu faul mich umzuziehen und dann zog ich alte Tante mich an der Mauer hoch. Nein, bitte nicht vorstellen! Es war sicher ein köstlicher Anblick. Sabinchen mit Hausschuhen, Decke um die Taille gewickelt und überhaupt *grins*, an der Mauer hängend, drüber schauend, nach dem Kater suchend. Dieses mein Kopfkino, plus der Anblick dessen, was ich dann sah, brachte mich so zum Lachen. Da hing ich an der Mauer und Katerchen hing ein paar Meter, mir gegenüber an dem Wasserrohr vom Nachbarhaus. Er kam nicht vorwärts, nicht rückwärts, schaute flehend zu mir rüber und rief miauend um Hilfe. Für einen kurzen Augenblick dachte ich an eine ganz liebe Freundin, die mir sofort ins Ohr flüsterte: *„Lass ihn, er kommt von alleine runter"*. Aber glaubt mir, wenn ihr in diese Augen geschaut hättet! Ich ließ mich von der Mauer hinuntergleiten. Na ja, mir fällt halt grad kein anderes Wort ein, als „hinuntergleiten". Es fühlte sich etwas anders an *kicher*. Stramm lief ich nach draußen auf die Straße und um die Ecke zum Nachbarhaus. Hihi. Bei dem Anblick, den ich hier erlebte, hätte meine mir ins Ohr flüsternde Freundin gesagt: *„Hättest halt auf mich gehört."**lach*. Da saß Katerchen natürlich mitten im Hof und ignorierte „mich". Ne odder? Kaum zu glauben, diese männliche Katze aber auch. Schnurstracks drehte ich mich, verärgert über mich selbst, um und lief nach Hause zu meinem Kaffee. Das kann ja wohl nicht wahr sein oder? Kaum saß ich da, rebellierte Lea bellend im Freigehege und Lunalady gesellte sich neugierig zu ihr. O`Malley hatte mittlerweile seinen Weg zurück auf die Mauer gefunden und jaulte schon wieder: *„Hol mich runter."* ICH hatte es immer noch nicht begriffen *lach*. Ging mit Lealöwin an meiner Seite und Lunalady im Arm nach draußen in den Garten und wumm, ignorierte uns das Kerlchen erneut. Resolut liefen wir in die Wohnung, schlossen die Tür hinter uns, mit der festen Absicht dieses Spiel nicht mehr mitzuspielen ... und wir hörten: *„Miauuuuu, miauuuuu, miauuuuu."* Alle drei schauten wir durch die Glastür nach draußen und da sprang Katerchen, rasant schnell, auch schon von der Mauer übers Vogelhäuschen nach unten, hinein durch die mittlerweile für ihn geöffnete Tür, um dort wie ein Geißbock hochzuspringen und auf Lealöwin zu landen. Der Anblick war wie immer zum Giggern. Die zwei begannen durch die Wohnung zu gasen und ich machte mir lächelnd einen neuen heißen leckeren Kaffee. Irgendwann später lagen die zwei „Ladies" auf dem Sofa und Katerchen friedlich dabei. Als ich ihn so sah, bemerkte ich das erste Mal, wie groß der Kerle mit seinen 6 Monaten schon geworden ist und was riesen Tatzen er doch hatte.

Natürlich hat auch die Geschichte eine Moral für mich *lächel*. „Kater" sind gar nicht so hilflos, wie es manchmal scheint und ein bisschen kalte Schulter kann mehr bewirken, als mütterliche Überfürsorge. Also ich meine wirklich „Kater" *kicher*.

Das Badezimmer gehört allen

Ja, wir hatten also schon Ende November und ich wollte mich in der Badewanne ein wenig aufwärmen gehen. Ab und an braucht man einfach ein bissel Ruhe, von all dem Rudelgerangel und auch von der Schmuserei. Zeit für mich war angesagt. Während das Wasser einlief, schaute ich noch mal nach den Tierleins und sah, dass Lunalady zusammengerollt im Bett lag. Lealöwin und der kleine irische Clankater lagen nahe Luna, nebeneinander und alle schliefen selig. Ja, Ruhe gaben sie meine drei Süßen und ich konnte nun genüsslich im Wasser abtauchen. Endlich lag ich dann in wohlriechendem Duft eingehüllt in der Wanne und döste vor mich hin. Ach was habe ich das aber auch genossen. Plötzlich aber war da das Gefühl, beobachtet zu werden. Ich öffnete meine Augen. Katerchen lag auf dem WC Deckel und beäugte mich. Sein Blick wanderte nach unten gen Boden und ich folgte ihm. Lealöwin lag zusammengerollt auf dem Handtuch vor der Wanne. Hatte ich doch glatt die Tür nicht richtig verschlossen und die haben sich rein geschlichen. Ich lächelte. Lunalady welche wohl nicht alleine im Bett liegen bleiben wollte, kam dann auch noch hereinspaziert. Zielgerichtet gen Badewanne. Sie beschnüffelte Lealöwin, welche sofort in Habachtstellung ging. Katerchen beobachtete weiter von oben. Luna schaute mir in die Augen, als ob sie mich fragen würde, was ich tue. Oh diese Augen aber auch. Wenn sie mich anschaut, ist es, als ob sie in meine Seele blickt. Sie hat Wahnsinns Augen. Um mein Kleinrudel besser betrachten zu können suchte ich eine andere Position und dadurch plätscherte das Wasser. Luna streckte sich mir entgegen, um zu schauen, was da abgeht. Das wiederum brachte Lea dazu aufzustehen. Es war ihr einfach zu suspekt, Luna so dicht bei sich zu haben. Man weiß ja schließlich nie! O`Malley setzte sich nun auf, um den besseren Überblick zu haben. Und dann schauten sie mich ALLE an und ich musste wirklich lachen. Diese Blicke aber auch. Ich erinnerte mich an Worte meiner Mutter als ich Kind war: *„Kann ich nicht mal im Bad alleine sein?"* Nun, ich habe keine Kinder, ich habe halt meine Tiere und sie suchten heute meine Nähe, wie wir einst die Nähe unserer Mutter. Und JETZT konnte ich Mutterchen schon ein wenig verstehen *grins*. Unsere Blicke lösten sich. Die Löwin lief gen Tür und machte es sich auf der Bademattte bequem. Lunalady rollte sich auf den freigewordenen Platz vor der Wanne zusammen und O`Malley legte sich wieder auf dem Klodeckel nieder. Ich tauchte erneut im Wasser unter. Sie waren alle da, bei mir und das war schon irgendwie schön. Vor allem freute es mich, das Lunalady sich zum Rudel gesellt hatte. Ein weiterer großer Schritt für sie ins Leben.

Lealöwin die Rebellin

Es war ja November, den klein Lea gar nicht mochte. Dennoch war es Zeit für mich zur Arbeit zu fahren und da geht die Kleine eigentlich immer mit. Sie aber sah, wie ich meine Jacke anzog und setzte sich vor mich hin, wie ein kleines *„Ach mir geht es ja so schlecht Wesen"*. Ich teilte ihr mit: *„Wir fahren."* … und sie schaute noch betröppelter drein. Alles an ihr hing einfach nur nach unten. Oh das kann sie so gut. Ich musste mir mein Lächeln verkneifen. Dieser Blick aber auch. Als sie dann auch noch zu zittern begann, war mir klar, sie wollte nicht raus und nicht mit mir mit. Dennoch holte ich ihr Hundegeschirr und da wurde sie lebendig. Sie rannte ganz schnell zum Kater ins Wohnzimmer unter den Tisch. In Ordnung, sie hatte gewonnen. Ich rief ihr zu: „*Bett.*" - und sie düste an mir vorbei gen Rudelhöhle, sprang aufs Bett, haute sich neben Lunalady hin und rollte sich zusammen. Ihr Köpfchen lag auf dem Bett, doch ihre Augen sprachen mit mir. Damit sie beruhigt war, erklärte ich ihr, dass sie dableiben darf. Ich fuhr zur Arbeit und später wieder nach Hause. Lea Hundemäßig halt, sprang mir schon im Flur voll Freude entgegen. Da die Katzen noch im Bett dösten, besuchten wir die zwei. Die Löwin außer Rand und Band, glücklich, dass ich wieder da war, wurde von den beiden Katzis mit großen Augen angeschaut. Sie verstanden diese ganze Aufregung wahrlich nicht. Katerchen gähnte dann vor sich hin, streckte sich, stand auf und machte sich von dannen. Zu viel Action. Lunalady aber ging in Habachtstellung. Sie kennt ja den Übermut der Löwin. Lea wühlte sich mit dem ganzen Körper durch die Bettwäsche und näherte sich dadurch, ohne es zu bemerken, immer mehr der Katzendame. Diese mag das aber ganz und gar nicht, wenn der Hund so überdreht ist. Lea weiß, dass eigentlich, aber wenn sie sich freut, ist ihr alles egal. So wühlte sie sich weiter, mit der Schnauze voran durchs Bett, näherte sich Luna und wumm, gabs von der nen dezenten Pfotenhinweis mit leichtem Fauchen: „*Achtung Hund du. Ich warne dich.*" Ich dachte Lea würde jetzt Reißaus nehmen, weil sie auf die Lady normalerweise immer angstvoll reagiert. Sie hat ja auch schon genug Pfotenhiebe abbekommen. Doch ich wurde überrascht. Ich war wirklich perplex. Lealöwin stand breitbeinig vor Lunalady. Oh ja breitbeinig, bereit zum Kampf oder eher wohl zur Verteidigung. Hihi. Ja, sie schaute die Lady entrüstet an und wufftete: „*Was willst du denn von mir? Ich begrüße doch grad nur voll Freude mein Frauchen. Hab dich mal nicht so. Ich lasse mich von dir nicht aufhalten.*" Ihr ganzer Körper war dabei angespannt und sie wollte schon weiter knurren. Ihr

Mäulchen bewegte sich schon lautlos. Das sieht immer herrlich aus und ist in Worten nicht zu beschreiben. Sie war wirklich kurz vorm Knurren. Aber eben nur kurz davor. Man sah ihr an, wie sie mit sich kämpfte, ob sie dieser launischen Katze nun mal richtig die Meinung geigen sollte oder lieber mich weiter begrüßen. Während das Hundemädel also noch mit ihren zwei Seelen in einer Brust beschäftigt war, hob die Katzenzicke noch mal krallenlos ihr Pfötchen gen Lea, um sie abermals zu warnen. Trotz dieser Warnung nahm ich Lunas erstaunten Blick auf Lea wahr. Sie kannte Lea so nicht. Um die Lage dann etwas zu entspannen, streichelte ich die beiden und erklärte Lea: *„Luna zickt doch nur ein wenig 'rum. Du weißt doch wie sie ist. Nimms nicht so ernst."* Und Luna erklärte ich: *„Sei mal nicht so zimperlich Große."* Beide entspannten sich, Luna rollte sich wieder zusammen und Lea wühlte sich gen meine Richtung um mit mir zu schmusen.

Wolpertinger

Also *nachdenk*. Ich mag ja Wolpertinger sehr. Ich wusste nur nicht, dass es so kompliziert ist, Tiere zu haben, die eben solche Wolpertinger sind. Also Lealöwin, ich hätte sie vielleicht wirklich anders nennen sollen, denkt definitiv sie ist eine Katze. Wobei ich das ja eigentlich weiß. Seit aber die Katzen da sind, verweigert sie Hundefutter. Sie WILL das, was die Katzen kriegen. Außerdem müssen die Katzen nicht an die Leine und auch bei nassem Wetter nicht raus, wie sie. Zwischendurch erkennt sie dennoch, dass sie ein Hund oder gar eine Wölfin ist und verteidigt ihren Knochen vorm Kater und das so was von … *grins*. Mit Argusaugen beobachtet sie jede seiner Bewegungen und wehe er kommt nur ein wenig zu nah an IHREN Knochen oder IHR Spielzeug. Das geht ja mal gar nicht aber auch. Dennoch hat sie so einen inneren Schalter, der es dann zulässt, dass sie kurze Zeit später schon wieder mit ihm zusammen frisst. Zwei Köpfchen tief versunken in diesem kleinen Napf. Weg ist der Fressneid. Warum? Ganz einfach. Weil - sie ist ja eine Katze. O`Malley wiederum macht seinem Namen alle Ehre. Er ist nicht nur ein „Kater", nein, er hat den Charme eines irischen Clanführers, der noch in der Pubertät steckt. Das wiederum gefällt meiner Teneriffalady ganz und gar nicht. Denn er umwirbt sie nicht gerade mit Raffinesse. Da muss er wirklich noch üben *grins*. Ich dachte dann drüber nach, wie ich Abhilfe schaffen kann. Wusste, dass Lunalady wundervoll anschmiegsam auf Baldrian reagiert. So duftete ich den Katzenbaum mit Besagtem ein, während Katze und Katerchen gemeinsam drauf saßen, was selten genug vorkommt. Hihi, ich hatte nicht mit dem Kater gerechnet und vergaß, dass meine Hände nach Baldrian rochen. Er umwarb mich mit Liebesbissen vom Allerfeinsten, also nicht gerade feinfühlig und ich konnte plötzlich sehr gut nachvollziehen, warum Luna vor ihm immer Reißaus nimmt. Katerchen war kaum mehr zu bändigen und mir blieb nur Eines ... ihn sofort nach draußen in den Garten zu bringen. Weit weg von Luna :-). Wie auch immer, der irische Strolch nervt die Mädels und wie es so ist, klaro, halten die Weiber zusammen. Abends wenn der gemütliche Sofaabend eingeleitet wird, kuscheln die Mädels sich an mich. Luna wie immer obenauf und Lealöwin neben mir. Der irische Held aber, der eigentlich noch ein Plätzchen bei uns finden würde, sitzt vor der Couch, schaut uns an, mit einem Blick wie nur „Mann" schauen kann, der sagt: *„Keiner will mich. Keiner liebt mich."* Dann zieht er trotzig von dannen auf seinen Katzenbaumplatz, wirft uns noch einmal einen Blick zu, der uns mitteilt: *„Ich fühle mich von euch nicht wertgeschätzt und nicht geachtet."* Dort bleibt er dann liegen ... bis ... Frauchen alleine gen Schlafzimmer läuft. Tja und dort werde ich von einem liebestollen schnurrenden kleinen Schlingel umgarnt, umschnurrt und er holt sich, was er braucht. Aber die Krönung der mutierenden Art ist dann doch Lunalady. Sie ist keine Katze. Nein - sie ist eine Bergziege. Eindeutig. Sie springt nicht wie eine Katze, sie klettert an mir hoch. Sie will immer oben sein. Auf dem

Brustkorb. Auf dem Becken. Auf den Knien. Oben, oben, oben. Dazu aber kommen noch Nuancen eines Kletteraffen. Denn sie umarmt, umgarnt. Jepp, immer so hinlegen, dass beide Beinchen schön auseinandergemacht werden können und sie an einem hängt und einen in die Arme nehmen kann, wie ein Kletteräffchen eben. Und dann dieser Blick aber auch *seufz*. Da schmelze ich glatt davon. Leider war ich in dieser Position bisher nicht in der Lage, dieses süße Gesichtchen zu fotografieren. Hach, ich liebe meine kleine Mondin über alles. So ein Schmusemädchen aber auch. Einfordernd, holend, nehmend. Letztendlich bin ich aber sehr glücklich mit einem Wolpertingerrudel zusammenzuleben. Da wird es nicht langweilig.

Ja und als ich gerade diese Geschichte niederschrieb, klingelte es an der Tür. Meine Schwester kam mit Murphy zu Besuch. Es dauerte keine 10 Minuten, da tauchte der Hosenschisserkater auf und hing auch schon am felligen Schwanz seines adoptierten Bruders.

Und O`Malley erklärt: „*Als ich ganz klein war, lebte ich bei meiner Rudeltante Stefanie und meinem Rudelbruder Murphy. Das war voll gut, weil ich immer mit Murphs Rute spielen durfte. Dann zog ich um, zu dem Rudel, wo ich jetzt hause. Als Murphy mal zu Besuch kam, hatte ich voll die Schiss vor ihm. Aber jetzt bin ich ja grooooß ... und das wedelnde Etwas an seinem Hinterteil ist MEINES!!! Damit das mal klar gestellt ist *miau*.*"

Friede, Freude, Eierkuchen ...

O.k. - *Friede, Freude, Eierkuchen* *grins*... manchmal - nicht immer ...

Putztag. Ich wollte saugen. Stellte Leas Hundebettchen auf das Sofa. Machte in der Küche weiter. Als ich erneut ins Wohnzimmer kam, lag Lea auf dem Sofa in ihrem Bettchen. Ich setzte mich auf den Rand der Couch und schon kam Lunalady angeschlichen und ihr Blick zeigte an, dass sie überlegte, wie sie nun zu mir hochkommen könnte. Nun, da gab es aber zwei äußerst schlechte Voraussetzungen für …

a) Lea, welche ja schon von klein auf ein appetitloses Etwas war und so gut wie nichts fraß, hatte gerade wieder seit einer geraumen Weile ihre „Ich will nur Leckerli haben" Phase. Beziehungsweise als Alternative - Katzenfutter, aber DAS kriegen ja nur die Anderen, würde sie euch sagen *grins*. Nun ja, ich kann sie ja nicht mit diesen Dingen zufüttern. Sie soll essen, was ihr guttut. Punkt. Außerdem war sie in ihrer „Ich lasse mir von den Katzen nicht mehr alles gefallen - Phase."
b) Lunalady, welche wie schon erwähnt, eine Bergziege oder ein Kletteräffchen ist … meint - sie springt nicht, denn sie klettert.

Na und so schaute Lunalady, direkt vor Leas Bettchen auf dem Boden sitzend, zu mir hoch und schüttelte ein wenig ihr Köpfchen. Dann ging ihr Blick zur kleinen Löwin hoch und sie dachte wohl: *„Da kann ich hochkrabbeln und von dort auf den Schoß von Frauchen."* Die Entscheidung war gefallen. Doch Lea hatte sie schon die ganze Zeit beobachtet und war in Habachtstellung. Ahnte was kommen würde. Sie kennt doch Lady Luna mittlerweile. Kaum setzte Luna an zur Kleinen hoch zu glimmen, d.h. ihre kleinen Pfötchen standen schon auf dem Sofa, der Körper gespannt, das Köpfchen gen Lea … schoss Leas Mäulchen zähnefletschend nach vorne und ich hörte ein Knurren vom Allerfeinsten, was ich von der Kleinen wahrlich nicht gewohnt bin. Luna aber, die Ruhe weg wie immer, gab ihren Plan einfach auf und trottelte von dannen. Interessant für mich ist immer, dass Lea, die sich selbst so nicht kennt, danach immer dasitzt und vollkommen verunsichert ist, ob sie das Richtige getan hat. Nun ja, in ihr Körbchen darf halt Niemand mehr rein. Katerchen wollte und hat es ja schon oft genug in Besitz genommen. Und in ihrem Bettchen werden ja, wenn sie denn was findet, auch ihre Knochen oder Leckerlis versteckt. Ja, klein Lealöwin übt sich im Brüllen *lächel*. Da auch ich noch am „lernen" bin, lobte ich sie, beruhigte sie und teilte ihr mit, dass alles in Ordnung ist. Dann holte ich Lunalady zurück, setzte mich mit ihr neben Lea aufs Sofa, streichelte beide und Friede, Freude, Eierkuchen waren wieder da :-) ... Lea liebkoste mich und Lunalady versuchte sich windend in mich reinzugraben ... Ja, wir lernen alle noch voneinander und miteinander.

Drachenluna

Ja und dann kam ein Morgen, da ich auf Facebook unterwegs war und ein Foto sah, auf dem ein Drache und eine Raubkatze beste Freunde waren. Dieses Foto gefiel mir so was von gut. Ich mag ja Katzen, aber ich mag auch ganz arg Drachen. Sie haben so eine kraftvolle feurige Energie. Ich postete das Foto auf meiner eigenen Seite, mit einen *freufreufreu* und was ich damit anrichtete, wurde mir erst später bewusst *lach*. Es wurde nämlich ein Tag, welcher für Katzenmann nicht gut Kirschen essen war. Die Drachenenergie war nämlich gelandet, beim weiblichen Geschlecht. Lealöwin noch immer Fressen verweigernd und sich ärgernd, dass Luna und O`Malley, was viel Besseres bekommen als sie, verschwand in ihr Hundebettchen und bellte Katerchen, der auf sie zukam, zu: *„Das Körbchen und alles was drinnen liegt, ist meines, hast du gehört *knurr*."* Daraufhin dachte pubertierendes Katerchen, er könnte ja mal sein Glück bei Lunalady versuchen. Jene aber, die wiederum dachte: *„Katerchen kriegt immer das bessere Futter."* saß mit großen Augen vor mir sitzend in der Küche und ich sag's euch, die Augen flehten und forderten: *„Gib mir das, was der Kerl da kriegt."* Genau zu diesem Zeitpunkt, kam O`Malley in die Küche und wollte eigentlich nur Luna "Hallo" sagen. Er hatte ja schon gefressen. Tja Lunalady aber nahm es anders wahr. Drachenenergie kam zur Wirkung und das nasetropfende kleine Etwas von Katze, fauchte ihn an und spukte Feuer. O`Malley erschrak so was von, dass er sofort die Flucht ergriff *grins*.

Nun ich empfand es als schön, dass die Mädels sich nicht mehr alles gefallen ließen und ihre Drachenenergie lebten. Wenn männliche Katze auch sicher nur dachte: „*Zickige Weiber aber auch.*" Lealöwin war bisher viel zu gutmütig dem Kater gegenüber und er tanzte ihr daher ständig auf der Nase rum. Und Luna lief die ganze Zeit nur noch ängstlich geduckt durch die Gegend, weil sie dachte jeden Moment könnte der kleine irische pubertierende Kater um die Ecke kommen und auf sie springen ... Wandel!

Flirtende Lunalady

Dann kam mal wieder ein Sonntag. Ich war schon lange wach und zufrieden mit getaner Schreibarbeit. Da wollte ich mir ein Glas Sektchen einschenken und hörte lautes Katzenkampfgeschrei im Garten. Mit natürlich katzenmütterlicher Fürsorge, ließ ich sofort alles stehen und liegen und rannte in den Garten. Sicher musste ich jetzt meinen Kater retten. Ich rief nach ihm. Oben auf der Mauer, in den Büschen, sah ich ein heftiges Gewackel und Gerangel. Was ging da ab? Oh weh. Mein Verdacht bestätigte sich. Ich musss ihm helfen. Dann sah ich etwas Graues auf der Mauer davonrennen. Es war noch dämmrig. War das wirklich mein Kater, der da panisch flüchtete? Wumm, bekam ich die Antwort, denn aus den Büschen heraus preschte souverän ein silbergrauer O`Malley hervor und rannte der flüchtenden Katze auf der Mauer hinterher. Ich lächelte, wusste ich nun, ich muss mir keine Sorgen mehr um ihn machen, wenn er in der freien Wildbahn ist. Wie ein junger Indianer auf seinem ersten Kriegspfad, hat er seine Initiation zum Kampfkater mit Bravour gemeistert und das mit gerade mal sieben Monaten. Lächelnd ging ich in die Wohnung zurück und trank darauf mein Gläschen Sekt.

Wobei dann 1 Monat später der Kampfkater kastriert werden musste. Die Zeit war da, denn Luna darf ja nicht trächtig werden. Wobei sie glücklicherweise die ganze Zeit nicht rollig war. Lag sicher an ihrer Krankheit. Außerdem stresste der pubertierende Kater das Kränkelchen ungemein und das tat ihrem Immunsystem nicht gut. So ging es Katerchen sozusagen an die Eier, aber er steckte es super gut weg.

Zwei Tage später. Katerchen, der ja bisher immer eifrig damit beschäftigt war Luna zu provozieren, war nun also ruhiger geworden und hier geschah dann Erstaunliches mit Luna. Die Tierchen lagen im Bett und ich fand tatsächlich noch ein Plätzchen dazwischen. Normalerweise ist es so, dass wenn ich liege, Luna sofort auf mich drauf klettert. Äffchen halt. Nicht so aber an diesem Tag. Sie stand auf, lief zu O`Malley hin, beschnüffelte ihn und miaute so, wie ich sie noch nie miauen hörte. Sie stand direkt vor ihm, schaute ihn an, miaute und legte sich dann zu ihm hin. Er blickte nur verdattert zurück. Er dachte wohl: *„Ähm, was geht ab? Was will die Lady hier bei mir? Warum spricht die mit mir? Warum legt die sich jetzt auch noch zu mir? Das ist mir suspekt.*" Für ihn war da eindeutig was faul an der Sache und er verließ das Bett. So kam Aufbruchsstimmung. Wir landeten im Wohnzimmer und das Szenario ging dort weiter. Luna war definitiv in einem Rolligkeitsstadium und rieb sich, wo sie sich nur konnte. Lea und O`Malley verfolgten sie, beobachteten sie und wollten wohl zu gerne wissen was mit ihr los ist. Dann ging sie erneut gen Kater, streifte ihn, schmuste ihn und verzog sich wieder. Katerchen schaute ihr nach und dachte wohl: *„Warum geht sie jetzt wieder? Oh Menno, ich will doch schmusen mit ihr. Aber sie mag mich wohl doch nicht.*" Er legte sich nieder und beobachtete Luna weiter. Diese rollte sich auf dem Boden und war ganz mit sich beschäftigt. Katerchen dachte: *„Hm, was macht die da? Ob sie mit mir schmusen will? Ich glaube ich gehe mal hin.*" Er begab sich zu Luna und umlief sie, die ihn ignorierte. Er wagte es dann tatsächlich an sie heranzutreten, doch Luna reagierte mit einem bösen Blick: *„Hau ab, ich bin* *gerade mit mir beschäftigt."* Kater war nun irritiert. Er fühlte sich von ihrem Gebaren eindeutig angesprochen und miaute: *„Du machst mich doch an. Da kann mir doch keiner was anderes erzählen. Und nu? Ich kann eh NUR schmusen."* Ja, DAS wollte er unbedingt und zwar mit der Mondlady. Diese genervt, weil sie sich gestört fühlte lief davon. O`Malley ihr hinterher. Sie bemerkte es, blieb stehen, drehte sich zu ihm und fauchte ihn an. Er legte sofort seine Ohren an, was ein Zeichen für Luna war, deutlicher zu werden. Sie fauchte ihn warnend an: *„Mach dich von dannen Kater(chen) und werde erst mal erwachsen."* Gelassen lief sie von dannen, suchte sich einen Platz und begann sich voll Inbrunst, ihn ignorierend, zu putzen. Katerchen beschloss daraufhin mit Lea zu spielen.

Für mich war das Szenario hochspannend. Was ging da in Lunas Köpfchen wohl um. Sie wurde erst rollig, als Katerchen kastriert war ... da fühlte sie sich wohl in Sicherheit.

Kater & Katze

Es ist schon wirklich spannend, ganz bewusst, Tiere zu beobachten. Wir hatten Januar und Lealöwin war zu Besuch bei ihrer Rudeloma. Somit waren Kater und Katze alleine. Pure Katzenenergie also. Katerchen war nicht ausgelastet, da Lea weg war und dachte er könne seinen Übermut an Luna abbauen. Das aber, war nicht möglich, da sie gerade gesundheitlich eine sehr gute Phase hatte und eben nicht geduckt durch die Wohnung lief. Sie zeigte ihm pfotentechnisch seine Grenzen, was ihm natürlich nicht gefiel. Er zog von dannen in die andere Ecke des Zimmers und wagte es nicht, weiter aufzumupfen. Nun ja, grins, so manch ein männliches Wesen mag es nicht, wenn er von weiblichem Wesen Grenzen gezeigt bekommt. Das scheint noch ein schönes Übungsfeld zu sein. Luna aber war zufrieden mit ihrer Aktion und seiner Reaktion. Milde gestimmt, lief sie zu ihm, um mit ihrem Schnäuzchen, seines zu beschnuppern. Da er zuvor so deutlich abgewiesen wurde, war ihm DAS dann natürlich sehr, sehr suspekt *grins*. Etwas verunsichert zog er sich zurück. Luna trottelte ihm hinterher. Weil SIE hatte ja nun kein Thema mehr mit IHM *kicher*. Er noch immer nicht wissend, wie er mit ihrer Nähe umgehen sollte, trottelte davon in mein Schreibzimmer und legte sich auf den Fellplatz, welcher eigentlich Luna ihrer ist. Aber das Schlaffleckchen war direkt vor der Heizung, was bei diesem kalten Wetter, natürlich wundervoll war. So beschloss ich ans Schreiben zu gehen. Kurze Zeit später stolzierte Luna herein und wollte auf ihren Platz, der aber vom großen Kater breitflächig belegt war. Neugierig und beobachtete ich, was sie nun tun würde. Kurz blieb sie stehen, sprang dann hoch zu ihm und er blieb tatsächlich liegen. Er beobachtete sie und sie ihn, während sie um ihn herumschlich, um sich noch einen Platz dort oben zu ergattern. Da sie ein zierliches Wesen ist, gelang ihr das auch. Ich war schon sehr erstaunt, als ich sah, dass sie sich nicht wie üblich einrollte. O.k., immerhin blieben beide nebeneinander liegen. Das war ja schon mal was. Katerchen begann sich zu putzen, Luna versank in die Stille und ich schrieb weiter an meinem Buch. Nach einer Weile aber schaute ich noch mal zu den beiden rüber und es war herrlich. Sie waren mittlerweile tiefenentspannt und Luna hatte sich auf die Seite gelegt. Somit lagen sie Rücken an Rücken beieinander. Fell an Fell. Katerchen der am aufwachen war, bewegte sich plötzlich, legte seinen Kopf auf Luna drauf und sie ließ es geschehen. Da er sich dabei denn doch ziemlich den Hals verdrehen musste, veränderte er die Position wieder und begann zu gähnen. Hocherfreut über das idyllische miteinander, postete ich für meine Facebookfreunde die Fotos, die ich gemacht hatte. Ich wollte ihnen mein Geschenk des Tages zeigen, da sie ja schon die Vorgeschichte von provozierendem Kater mitbekommen hatten. So schrieb ich dazu, dass Katerchen das Köpfchen auf Luna draufgelegt hatte und es einfach nur schön war. Es folgten nette Kommentare und bei einem musste ich so lachen. Eine Freundin schrieb bei dem aufgerissenen Gähnmaulbild des

Katerchens einen süßen Kommentar und zwar legte sie Malley Worte in den Mund: „*NEIN!!! SIE lehnt sich an mich an!!!*" Hier musste ich so lachen, weil ich damit meine kleine Moral der Geschichte bekam und ich kommentierte ihren Satz mit: „Grins. SIE lehnte sich an IHN an ... NACHDEM ... ER sein Köpfchen auf SIE gelegt hatte ... statt über Provokation ihre Nähe zu suchen *lach* ... was das wohl über das Wesen der Frau, ähm, meint Katze sagen möchte *lieblächel*

Lealöwins erster Besuch auf einem Golfplatz

Ja und als klein Lealöwin wieder von ihrem Familienausflug zurückkam, erzählte mir meine Schwester Stefanie eine Geschichte. Ich habe so gelacht und wollte sie natürlich auch gleich mit hier ins Buch nehmen.

Lealöwin war also mit Rudeltante und Rudelbruder Murphy unterwegs. Ohne Leine war sie brav, artig und folgsam gewesen. Ganz stolz war das Rudeltantchen. Bis die Kleine in der Ferne auf einem schönen kurz geschnittenen Rasen, einen kleinen Ball sah. Sie düste wohl sehr schnell von dannen, um sich dieses Prachtexemplar zu ergattern und von Folgsamkeit war keine Rede mehr. Leas Ohren schienen kurzfristig taub geworden zu sein. Kann ich natürlich vollkommen nachempfinden, denn bei dem Tempo, kann man doch nichts hören - oder? Tantchen rief fleißig weiter und folgte hurtig klein Lealöwin, während ein älteres Paar, wegen Lea nicht weiter golfen konnten. Nun Stefanie rief weiter nach Lea und da diese nicht hörte, verfolgte sie diese weiter *lach*. Lea gaste natürlich über den Golfplatz und wie mir erzählt wurde, über diesen so wundervoll fein glatt gestrichenen Sandplatz der Golfer, welcher danach nur noch Spuren von rasender Hündin hatte. Aber auch das, kann ich verstehen *grins* Gibt es etwas Schöneres, als im Sand zu toben und danach weitere Runden über einen so schönen Golfplatz zu drehen? Nee, gibt es nicht - oder? Ja und dann war da ja auch noch dieses Paar, welches ja eigentlich golfen wollte. Hier bekam ich dann die Info, dass sie glücklicherweise sehr freundlich waren und lachend meinten, dass die Kleine ja ganz schön schnell sei. Tja, sie hatte es erkannt.

Als ich meiner Schwester so zuhörte, grinste ich mal wieder nur vor mich hin. Lea hatte Fangerle gespielt und da bringt es nicht viel hinterherzurennen oder zu rufen. Ja, normalerweise ist sie lieb und folgsam, aber nicht in solch einer Situation. Das hat das Schwesterle dann auch irgendwann erkannt und sie entwickelte eine „Ich geh jetzt weg - Taktik.", die ihre Wirkung zeigte. Hihi, also erstens bin ich sehr glücklich darüber, dass ich nicht an Stefs Stelle war und zweitens, hätte ich zu gerne einen Film davon gedreht *lach*. Ich sah meine Kleine förmlich über diesen Golfplatz rasen.

Lea und Luna beim Onkel Doktor

Loits, schafft euch keine Katzen an *grummelwuff* ... Sonntag ist doch eigentlich Ausschlaftag - oder? Ne, ne, ne aber auch! Der Kater ist unmöglich. Eigentlich sagt man doch zu Katzen "Samtpfoten" - oder? Also ich kann euch nur sagen, der Kater ist KEINE Samtpfote. Der kann gar nicht schleichen, der trampelt. Ja, das ist ein Trampelkater. Eindeutig! Auf leisen Sohlen war der noch nie unterwegs. Ja und vorhin, da liege ich selig schlafend, bei meinem Herrchen und bin voll glücklich ... und da kommt der Trampel O`Malley an. Na ja Scottischfoldstraßenkatermix und dazu noch männlich. Ich sag nix mehr. Aber ich bin grad escht sauer ... und da rast der unterm Bett durch, springt auf der anderen Seite hoch, gast über uns weg, um wieder unterm Bett zu verschwinden. Kaum zu fassen, dass ein einzelnes Wesen so einen Lärm machen kann ... trotzdem ... DAS konnte ich ja noch so durchgehen lassen. Aber dann ist er auf die Kommode gesprungen und hat den Leckerlispielball runter geworfen. Da wurde mir klar, heute siegt der Wolfsanteil in mir. Nichts mehr in mir fühlte sich wie eine Katze, meint Löwin an und als Hund, lasse ich mir ja mal ganz und gar nicht mein Fressen wegnehmen! Da hab ich mich wachgeschüttelt und bin dem Kerl hinterher. Es hat für einen Moment funktioniert. Leider nur für einen Moment. So war ich dankbar, dass mein Frauchen aufstand, meinen Leckerliball rettete, den Kater in den Garten ließ und ich wieder zum Herrchen schmusen gehen konnte. Der Sonntag ist einfach der schönste Tag ... da mag ich nämlich gar nicht wirklich raus aus dem Bettchen und mein Herrchen auch nicht. Im Bett dann, schön zwischen den Beinen vom Herrchen, weil so gemütlich, da fand ich dann aber keine Ruhe. Es war einfach wirklich so viel los die letzten Wochen:

Zuerst war ich beim Onkel Doktor, damit ich diese doofen Windeln nicht mehr tragen muss, die ich gar nicht leiden konnte. Das was er gemacht hat, nennt man wohl Operation ... wobei das dann auch doof war danach, weil ich so ein Ding um den Kopf hatte und dann, paar Tage später verschwand mein Frauchen mit meiner Luna. Als die dann weg war, habe ich erst gemerkt, wie sehr ich sie lieb hab. Außerdem war mir das alles so komisch, weil ja normalerweise ich aus dem Haus gehe und nicht das Lunchen. Oh ich stand damals mit meiner höchst kleidsamen Trichterkappe, vor dem Transportdingsbums und kusselte die Luna durch das Gitter durch, als sie endlich wieder daheim war. Ne, ich versuchte das, es war aber wegen dem Ding um meinen Hals nicht möglich ... ähm, aber ich hab auch ganz verdattert drein geschaut ... weil die hatte nämlich auch so ein Ding um den Kopf gehabt wie ich. Dann hab ich gemerkt, dass mein Frauchen ganz durch den Wind ist und hab mich hingesetzt und sie erst einmal ganz lieb angeschaut. Sie hat dann die Katzenmondin aus dem Dingsbums rausgelassen und ist zu mir gekommen. Ich hab meine Ohren gestellt, damit sie weiß ich bin ganz Ohr und sie hat mir dann so viel erzählt, damit ich es verstehe. Hätte sie ruhig früher machen können.

Alsooo … die Luna, die kam ja im Sommer aus Teneriffa zu uns und war ganz arg dolle krank. Die hatte ne Lungenentzündung, das Auge hat genässt, die Nase war eitrig. Der ging es gar net gut und ich hab mich ganz lieb um sie gekümmert. Wir haben uns ja gleich gemocht. Dann haben wir erfahren, dass sie so ne Krankheit hat, die man Leukose nennt. Ganz schlimm war auch ihr Mäulchen innen drinnen. Die linke Seite war voll rot und ganz dick angeschwollen, so dass man keine Zähnchen mehr gesehen hat. Da haben wir uns viele Monde um sie gekümmert und sie hat dann auch so kleine weiße Kügelchen von Frauchen gekriegt. Hach mein Frauchen macht ja immer so Sachen mit uns. Sie legt dann auch die Hand auf und sie redet mit uns. Irgendwie hilft das aber auch immer ein bisschen. Die kleinen Perlchen, die kenne ich gut, die mag ich, die sind so leckaaa süß. Aber nun zurück zu Luna. Die war also jetzt auch bei dem Onkel Doktor, wo ich war. Frauchen hat erzählt, er hat Luna beim letzten Mal ins Mäulchen geschaut und Frauchen auch. Also der Onkel hat nicht bei Frauchen in den Mund geschaut, mein Frauchen hat auch bei Luna geguggt. Sie war so glücklich, weil da im Mund alles abgeschwollen und gar nicht mehr rot war. Aber der Onkel hat gemeint, da ist sicher eine Wurzel da drin im Kiefer und die tut halt alles entzünden und die MUSS raus gemacht werden. Und bei so ner Dauerentzündung könnt ja das Immunsystem net besser werden. Er hat gemeint, dass sie so Zysten hätte und wenn er sie schon weg knocken muss, wie mich ja auch, will er sie auch gleich kastrieren. Und er will ihr auch den Bruch, den sie am Bauch hat, gleich wegmachen. Was mich dann arg gefreut hat, war, dass der Doktor gesagt hat, es sei erstaunlich, wie gut das Lunchen jetzt aussehen würde, wo sie doch bei ihrer Ankunft schon halb tot war. Ja da hat er gestaunt der Onkel. Aber Lunchen hat ja auch sooo viel Liebe hier gekriegt, da ist es doch kein Wunder, dass es ihr so schnell besser ging, trotz der so doofen Krankheit, die sie hat. Ja und dann ist die Luna also auch operiert worden und das war echt ´ne ganz große Operation für die Zierliche. Aber sie hat das dann ganz toll hingekriegt und wir zwei Katzendamen liefen ladylike mit den Trichtern durch die Wohnung. Außerdem hab ich ganz dolle auf sie aufgepasst, damit der Kater sie auch in Ruhe lässt. Ich habe so auf sie aufgepasst, dass ich sogar nen Rottweiler der am Hof vorbeilief, ganz laut angebellt habe. Ja, ich pass halt auf mein Rudel auf. Mein Frauchen fand das nicht besonders lustig. Sie mag das nicht, wenn ich große Hunde anbelle. Sie ist da ein bissi ein Angsthase. Wobei, ich geb ja zu, ich kann auch so ganz viel Schiss haben, aber ich bin auch immer wieder mutig. Als Luna dann noch mal zum Onkel Doktor musste, ging ich gaaaaanz tapfer da mit rein, weil ich sie nicht alleine lassen wollte. Ich hab zwar gebibbert und zwar sowas von, aber ich hab das durchgezogen und bin ganz stolz drauf. Ja und als es Lunchen wieder soweit gut ging, hab ich trotzdem weiter aufgepasst, wegen dem Kater. Wobei das hat sie dann ganz alleine hingekriegt *hihi*. Ich war so stolz auf sie. Katerchen wollte mal wieder zeigen, dass er ein großer Kater ist, während ich grad damit beschäftigt war, eine Spielzeugmaus auseinanderzunehmen. Ich muss ja üben, falls mir mal wieder eine echte Maus begegnet. Schließlich bin ich eine Katze. Wie auch immer ... Kater ging auf Lunchen los und ich war echt baff. Ich hab sogar kurz aufgehört auf der Maus rum zukauen. Da ist die Luna doch zur Boxerin geworden. Escht. Die hat sich richtig auf ihr Popöchen gesetzt und beide Vorderpfoten hat sie hochgehoben und hat dann mit Krallen den Kater geboxt. Oh ja, die hat ihm gezeigt, wo es lang geht. Der ist sofort abgehauen und hat sich hoch oben ins Regal gesetzt. Hihi und Lunchen hat sich dann unters Regal gesetzt und hat ihn nur angeschaut. Als Katerchen sich dann irgendwann wieder runtergetraut hat, zeigte er Lunchen, dass er ihre Grenzen akzeptiert. Da ist sie dann ganz lieb geworden, lief zu ihm und wollte schmusen. Ich glaube, das hat sie vom Frauchen gelernt. So wieder Frieden schließen. Oder hat das Frauchen von ihr gelernt? Ach egal. Frauchen kann auf jeden Fall auch so fauchen wie die Luna, vor allem wenn wir sie ärgern. Also wenn die dann so ist, da werde ich ganz lieb und gehorche. Hihi, da wissen wir dann alle im Rudel, das wir aufpassen müssen. Frauchen ist ja ´ne ganz Liebe, aber sie lässt kein Kasperliensche aus sich machen. Wenn wir das dann kapiert haben, macht sie das auch wie Luna und kommt zu uns und alles ist wieder friedlich. Nun darf mein Frauchen noch was lernen … nämlich sich mal weniger Sorgen um uns zu machen *seufz*. Hach je, das war wirklich viel die letzten Wochen und jetzt schlafe ich noch ne Runde.

Die Pfauenfeder

So kam der April … Katerchen hatte Mimosenzeit. Das heißt, jedes Mal, wenn er vom Garten reinkam, schaute er erst ob Lea irgendwo war, bevor er das Wohnzimmer betrat. Er war in Habachtstellung, da Lea sich die Tage nichts gefallen ließ. Zum Beispiel hat sie ihn gestern in die Zange genommen, als er auf dem Boden lag. Ja, sie sprang einfach auf ihn drauf, stellte sich über ihn, kämpfte mit ihm und er, der ja nie seine Krallen ausfährt, wusste sich nicht zu helfen. Er ist eh einer, der nie wütend wird, sollte dies aber lernen, denn wenn er draußen der Nachbarkatze begegnet, muss er sich wehren können. Die ist nämlich kein Schisser. Aber er kann das einfach noch nicht. Lea wollte ihm diesbezüglich wohl Nachhilfeunterricht geben. Wobei es auch gut ist, dass sie sich von ihm nicht mehr alles gefallen lässt. Er war wahrlich zu übermütig in manchen Situationen. Dennoch ging mir das Machtgehabe der beiden echt auf den Keks und so sprach ich ein ernstes Wörtchen mit Lea und sagte ihr: *„Löwin, wenn du den Kater so in die Mangel nimmst, ist das auch nicht gut. Weißt du, er verliert derzeit draußen im Garten den Kampf mit der Nachbarkatze und wenn du ihm hier jetzt auch noch ständig eine auf die Nuss gibst, dann ist er vollkommen gefrustet. Wenn er dann gefrustet ist, lässt er seinen Ärger am nächsten schwächsten Rudelmitglied* *aus. Und das ist nun mal Luna. Die Lady aber ist krank und kann so einen Stress nicht gebrauchen. Also reiß dich bitte mal zusammen. Wir wissen nun, dass du dich wehren kannst und nun wird es Zeit, dass wieder Ruhe einkehrt."* Wie ein kleines Wunder kehrte dann auch Ruhe ein und der heutige Tag. Erneut waren sie wild drauf, aber dieses Mal beide. Sie machten Kräftemessen, waren dabei aber gleichberechtigte Spiel - und Kampfpartner. Hihi - wobei ich schnell beobachten konnte, dass Katerchen wieder mutiger geworden war und er ständig Lea provozierte. Diese freute sich ganz dolle darüber, dass ihr Katzenbruder keine Schiss mehr hatte und richtig mit ihr spielte und kämpfte. So ging sie dann auch ganz achtsam mit ihm um und wenn sie sich so zeigt, da liebe ich sie noch mehr. Ja, dann ist sie so souverän und muss ihm nicht beweisen, dass sie stärker ist, als er. Dann reicht es ihr, zu wissen, dass sie könnte, wenn sie wollte. Ja, es war wieder freudvoller Frieden eingekehrt. Das aber führte natürlich dazu, dass sie zu gemeinsamen Streichen aufgelegt waren. Opfer ihres Übermuts wurde meine über alles geliebte Pfauenfeder. Also ich war gerade am Putzen und bekam so nebenbei noch die Geräuschkulisse mit, wusste aber nicht, was sie anstellten. Ich dachte mir, ich geh mal schauen. Hihi, ich kam gerade im richtigen Moment, um ihr Teamwork bewundern zu können, aber zu spät, um es zu verhindern. Katerchen holte sich von hoch oben die Pfauenfeder und Lea saß brav unten, schaute ihm zu und wartete. Kaum war er mit der Feder auf dem Boden gelandet, packte sie diese und rannte davon, um sie genüsslich zu zerkauen. Tja, wo gespielt wird, fallen Federn *g*. Bis ich bei Lea landete, war dann nicht mehr viel von der Feder übrig, dennoch freute ich mich, dass die beiden wieder zusammen spielten.

Lea verteilt Liebe

Ich mag auch wieder etwas erzählen. Frauchen und ich liefen spazieren und da kam uns so ein kleines Mädchen entgegen. Die ist so ein Fahrrad gefahren. Als sie mich gesehen hat, ist sie sofort abgestiegen und ist zu mir gekommen. Da stand sie dann vor mir und hat zu mir gesagt, dass sie auch einen Hund hatte. Der wäre aber ein Großer gewesen, aber der sei gestorben. Und dann war sie kurz ruhig und hat dann noch gemeint, dass das eben so ist. Das man eben irgendwann stirbt. Ich war total verdutzt über das, was sie so zu mir gesagt hat. So ein kleines Mädchen und so weise. Ja da bin ich gleich zu ihr hingegangen und am Liebsten hätte ich sie ab gebusselt, weil ich ja trotzdem ihre Traurigkeit spürte. Aber busseln, das tue ich dann doch nicht immer gleich, weil mein Frauchen mir gesagt hat, dass ich mich da bitte zurückhalten soll, weil das ja nicht jeder mag. Aber ich schmuste mit ihr und drückte mich an sie dran. Weil ich ihr einfach zeigen wollte, dass ich sie mag. Und dann hat sie sich zu mir runter gesetzt und ich hab mich so dolle gefreut. Tja, was soll ich sagen … ich hab einfach vergessen, dass ich nicht busseln darf, weil sie hat mich dann gestreichelt und hat so lieb mit mir weitergesprochen … da konnte ich einfach nicht anders und hab ihre kleines Händchen gebusselt. Oh sie hat gelächelt, was hat sie aber auch gelächelt. Und dann hat sie zu mir gesagt, dass sie schon immmmer einen Hund haben wollte, der Küsschen gibt. Da hab ich aber erstaunt geschaut. Hab ich gleich mein Frauchen angeschaut um ihr mit meinem Blick zu sagen, dass ich das alles richtig gemacht habe, obwohl ich es nicht gedurft hätte. Hach je und dann hat Frauchen tatsächlich zu mir gesagt, ich soll Bussel geben und hach je … da wurde ich übermütig, so hab ich mich gefreut … und ich bin an der Kleinen hochgesprungen um ihr Bäckchen zu busseln und die hat gelacht und hat sich sohooo gefreut. Und ich erst! Dann hat sich mich ganz liebevoll gestreichelt und geknuddelt und dann hat sie zu mir gesagt, dass sie mich liebt und dass ich etwas ganz Besonderes bin. Oh das ist mir wie Honig runter gelaufen. Ja, ich bin etwas ganz Besonderes und sie hat es erkannt, weil sie auch etwas ganz Besonderes ist. Oh ihr Streicheln und ihr so lieb sein und ihre Worte - das war besser als jedes Leckerli, das man mir hätte geben können. Ich versteh eh nie, warum die Leute, wenn wir Gassi gehen und ich auf sie zugehe, mir immer Leckerlis geben möchten. Ich will das Zeug nicht, ich will schmuuuusen und beschmust werden. Liebe geben und nehmen. Ob ich das jemals den Menschen begreiflich machen kann? Egal - das Mädchen hat es gefühlt. Und hach je, sie war soooo lieb und achtsam und soo, hach wie soll ich das nur erklären. So ein Wesen hab ich bisher nicht getroffen, das kann ich euch sagen. Das hat mich alles so glücklich gemacht und sie war sicher auch noch den ganzen Tag glücklich. Ja, solche Begegnungen, die mag ich einfach ganz arg. Ja, das wollte ich euch noch sagen. Brauchen wir nicht alle unsere Kuscheleinheiten oder auch mal Trost? Einfach mal Hände die einen streicheln und liebkosen? Oder Worte darüber, wie wundervoll wir sind, damit wir uns erinnern? All das, ist viel viel schöner, als so Leckerlis und andere Sachen. Ne, es gibt nichts Schöneres als zu schmusen und lieb zueinander zu sein. Das sage ich euch ...

Ja und das ging dann gestern noch weiter so. Ich war im Liebesflow. Wir liefen dann in die Fußgängerzone, was ich voll liebe, weil da so viele Menschen sind. Das Problem ist meistens nur, dass ich nicht wahrgenommen werde, weil ich so klein bin *seufz*. Aber der Tag, der hatte es escht in sich, weil da war doch tatsächlich eine Frau, die hat mich gesehen, hat mich gestreichelt und dann richtig mit mir geknuddelt. Sie war so liebevoll und so müssen Engel sein. Ich mutierte richtig zur Schmusekatze und ich hab mit den Augen gerollt. Dann hat sie mich ständig gefragt, ob es jetzt reicht, mit den Schmuseeinheiten und ich hab ihr gezeigt, dass es mir noch lange nicht reicht. Dann hat sie gesagt, dass sie es echt toll findet, dass ich so lieb und schmusig bin. Hach da ging mein Herzchen auf. Endlich jemand der das mochte. Und ich genoss weiter und sie genoss es. Ich liebe das einfach und werde mich da wohl nie ändern. Leider hatte das dann irgendwann halt auch sein Ende, aber ich lief dann voll glücklich, frohgemut und schwanzwedelnd mit Frauchen weiter. Ja, das war eindeutig MEIN Tag. Wumm kamen wir an einem Laden vorbei, wo auch ne Frau rumstand. Ich fragte mich so, ob die vielleicht auch so ein Engel ist, wie die Andere. Die hat mich dann auch gesehen, drehte sich um zu einem Mann, der einen groooßen Hund bei sich hatte und da hat die doch tatsächlich zu dem gesagt, dass er auf den Großen aufpassen soll, weil da ein Hund wäre. Die hat damit mich gemeint und der Mann hat geantwortet, dass ich sicher das Mittagessen für seinen Hund sei. Ich war baff. Ich bin ja wirklich viel gewöhnt, aber mich als Mittagessen zu bezeichnen, das ist ja wirklich eine Beleidigung. Ich wurde schon als Kampfhund bezeichnet und das kann ich durchgehen lassen, weil ich bin ein Schmusekampfhund - aber Mittagessen??? Der Typ ist mir voll unsympathisch gewesen. Der kennt mich wohl nicht - wobei, der müsste mich eigentlich kennen. Weil da wo wir vorher gewohnt haben, ist der immer mit seinem großen Hund bei uns vorbeigelaufen. Und SEIN ach so großer Hund, der mag mich nämlich. Der kam immer ans Hoftor gerannt, wenn ich da stand und hat gewimmert und wollte zu mir, weil ich nämlich so ein liebevolles Weibchen bin. Was bildet sich dem sein Herrchen eigentlich ein? Ich glaub dem hat das nicht gepasst, dass sein toller großer Rüde auf so ne Kleine stand, wie mich. Oh ich sag´s euch, ich war so grummelig. Nun ja, ich lief dann hocherhobenen Hauptes mit Frauchen weiter, wenn auch nur`ne kurze Etappe. Sie traf dann jemanden, plauderte und ich legte mich auf ne Fußmatte, die da vor ´nem Laden lag. Jo, dachte ich mir: „*Fußabtreter, ist ja auch so ein Wort, dass Menschen gerne zu mir sagen.*" Ratet mal was dann passiert ist *gigger* ... der Typ wollte gerade an uns vorbeilaufen, da wimmerte sein Rüde und wollte unbedingt zu mir. Der hat den dann gleich an der Leine festgehalten und mein Frauchen, die das bemerkte, hat zu ihm gesagt, dabei auf mich deutend, dass hier SEIN Mittagessen liegen würde. Das war dem dann voll unangenehm und er sagte zu seinem Hund, dass ich doch nichts für ihn wäre, weil ich viel zu klein sei. Buah, ich kapiers als net. Sein Hundemann wollte doch nur zu mir, weil ich so ein liebes Schmusekampfhündchen bin und er wollte sicherlich nur ne Dosis Liebe von mir abholen. Seufz ... manchmal aber auch.

Ja, so ist meine kleine Lealöwin. Manchmal läuft sie nur mit mir spazieren, wenn sie irgendwo Menschen sieht und dann wehe ... dann gast sie los, wobei sie immer mehr spürt, wen sie gleich ignorieren und bei wem sie landen kann. Tja und wenn sie dann ein menschliches Schmuseengelchen gefunden hat, mutiert sie wahrlich zur Schmusekatze und beide kriegen dann nicht genug vom Austausch. Würde man Herzchen leuchten sehen, dann täten sie in solchen Augenblicken strahlen. Ich genieße diese Momente auch, wenn ich sehe, wie zwei Wesen sich beschenken und den Tag versüßen. So liebevoller Austausch, findet in der Welt da draußen, viel zu wenig statt. Danach läuft meine Kleine immer ganz selig mit mir weiter und die Schmuseengelchen schauen ihr nach, grinsen und gehen auch beschwingt in ihren Tag.

Lea und ihr kranker Rücken

Ja, unsere Kleene machte uns dann echt Sorgen. Eines Morgens konnte sie nicht mehr laufen. Oh dieser Blick aber auch *seufz*. Wir fuhren sofort zu unserem Arzt, welcher Bandscheibenprobleme diagnostizierte und uns für ein MRT in die Tierklinik verwies. Da wir erst sieben Tage später dort einen Termin bekamen, kümmerten wir uns schon mal mit alternativen Heilmethoden um Lea. Meine eigene Hausärztin und Heilpraktikerin, unterstützte uns mit Homöopathie und eine Tiertherapeutin setzte Lea auf eine Magnetfelddecke. Diese Behandlungen wirkten insoweit, dass Lea nach drei Tagen endlich, wenn auch bibbernd wie Espenlauf, in den Garten ging, um ihr Geschäft zu verrichten. Außerdem bellte sie wieder, wenn sie Geräusche hörte. Also der apathische Zustand ging und sie fraß und trank wieder. Da lag sie dann tagelang ruhend unter dem Schafsfell, welches ihr den Rücken wärmte. Lunalady versorgte Lea ab und an mit Schmuseeinheiten und Katerchen, ließ sie nach anfänglichen Fragezeichen im Blick, was mit der quirligen Lea wohl los sei, glücklicherweise in Ruhe. Mir selbst steckte die Angst in den Knochen, bin ich doch hauptberuflich Masseurin und weiß wie gefährlich das mit der Bandscheibe sein kann. Dann kam der Tag in der Tierklinik. Lea wurde untersucht, konnte laufen und ihre Reflexe waren super, obwohl sie eine Woche zuvor ganz schlecht waren. Die Ärztin war daher guter Dinge und dann kam Lea ins MRT. Das Ergebnis schockierte mich und ich ging total in die Verlustangst. Die Ärztin diagnostizierte Bandscheibenvorfall und wollte Lea, welche ja noch in Narkose lag, gleich operieren. Sie meinte, dass der Vorfall deutlich zu sehen sei, selbst wenn keine Symptome vorhanden sind. Wenn wir sie nicht operieren lassen würden, kann, aber muss nichts Schlimmes passieren. Ich fühlte mich so ohnmächtig und das war ein ganz furchtbares Gefühl. Doch trotz der inneren Panik, hörte ich tief in mir, dieses so klare, deutliche NEIN zur Operation, welches ich ihr auch mitteilte, obwohl es mir schwerfiel. Die Verantwortung drückte mich so nieder. Ich erntete einen ungläubigen Blick der Ärztin, doch ich blieb bei diesem NEIN. So bekam Lea Neuraltherapie mit Cortison, da sie ja noch narkotisiert war und als sie in der Lage dazu war, fuhren wir heim. Oh ich hatte so eine Angst, die falsche Entscheidung getroffen zu haben, aber ich bekam dann ganz viel Unterstützung von Freundinnen, welche mich darin bestätigten, dass meine Entscheidung richtig war. So ging es dann weiter mit Behandlungen durch unseren Tierarzt, meine Heilpraktikerin und Alternativmedizin. Wir fanden zusätzlich auch noch eine wundervolle Tiertherapeutin, welche Lea so toll helfen konnte. In dieser Zeit schliefen wir mit unserer Kleinen im Wohnzimmer. Ja, wir hatten unser Matratzenlager dort aufgeschlagen. Sie ruhte viel und die Behandlungen schlugen auch an. Auch unser Tierarzt meinte, als er den Erfolg sah, dass es gut war, sich gegen die Operation zu entscheiden. Es waren drei harte Monate für uns. Immer wieder kam Angst hoch, Lea könnte eine falsche Bewegung machen und gelähmt sein. Aber ich blieb im Vertrauen.

Dennoch gab es in dieser Zeit auch Momente des Lächelns. Wie üblich wird ja bei uns nicht nur ein Tier krank. Luna hatte also auch eine sehr schlechte Phase und schon fünf Tage nichts gefressen. So bekam sie spezielle leichte Kost, welche uns der Tierarzt mitgab. Lea aber bekam extra lecker Fressen, weil sie ja so Schmerzen hatte. Hihi, als wir Luna ihr Schmalspurfressen für Magen-Darm hinstellten, schnupperte sie daran, verzog ihr Gesicht, schüttelte angewidert den Kopf und schimpfte wie ein Rohrspatz. Dann rannte sie zu Lea und wollte ihr die Leberwurst direkt aus dem Maul klauen. Diese schaute recht verdattert drein. Ja und unser Katerchen, der sich ja eh immer vernachlässigt oder außen vor fühlt, der wurde noch mimosenhafter *g*. Klaro, unsere Aufmerksamkeit ging ja zu den zwei kranken Mädels. Natürlich sollte er deswegen nicht auf der Strecke bleiben *lächel* ... und so ging ich immer wieder auf Eroberungszug. Ja, ich musste ihn stets aufs Neue erobern. So packte ich ihn immer wieder, weil er kam ja nicht freiwillig, nahm ihn in die Arme und er wehrte sich mit Händen und Füßen - ähm, mit Pfoten und Pfoten und ich knutschte ihn und knuddelte ihn ... so lange bis er aufgab, sich ergab und sich meinen Händen hingab. Ja, dann genoss er es und mutierte zum Schmusekater. Tja, er wurde ja erobert - nichts anderes war sein Wunsch.

Katerchen wird beschmust

Ich weiß, dass Katerchen, die Lunalady liebt. Ja, ich bin mir da sicher. Aber er zeigt es halt immer auf die Art und Weise, wie unsere Jungs einst, als wir noch zur Schule gingen. Die knufften uns und oder klauten unsere Sachen. Ärgerten uns halt, weil sie anders nicht zeigen konnten, dass sie uns mögen. Ja und Katerchen, eben auch noch jung, verspielt und knabenhaft kämpferisch drauf, kleiner ungestümer Machokater eben *grins*, ärgerte Luna auch. Er stupste sie und verteilte Liebesbisse. Das wiederum mag Luna ganz und gar nicht und sie zeigt es ihm auch, wenn sie in einer guten Gesundheitsphase ist. Wenn er dann abblitzt, beziehungsweise, von ihr ablassen muss, weil Hundemama Lea, auf Luna aufpassend, sofort dazwischen geht, ist es köstlich ihn zu betrachten. Der Kerl hat einen Blick drauf, so habe ich das noch nie bei einer Katze gesehen. Herrlich aber auch, wie der dann mit seinen Augen ausdrückt, was in ihm vorgeht. Ja und dann kam so ein Tag, da saß ich gemütlich ohne meine Tiermädels auf dem Sofa. Katerchen, mit Sehnsucht nach Streicheleinheiten, kam sofort an meine rechte Seite. Er schmuste mit mir, stand mit den Vorderpfoten auf meinem Schoß und konnte nicht genug von den Streicheleinheiten kriegen. Das er nicht lange alleine bei mir bleiben würde, war mir klar. Denn es geht ja mal gar nicht, dass jemand anders auf meinem Schoß ist, als Lunalady. Das ist IHR Platz und da jagt sie jeden davon, egal wie es ihr geht. Da kam sie auch schon an und brachte mich dann zum Staunen. Von links kam sie angeschlichen, streckte dem Kater ihr Köpfchen entgegen … dieser erstarrte sofort. Hihi, da saß ich also, halb besetzt vom Kater rechtsseitig und Lunchen auf der linken Seite und beobachtete. Deren Köpfchen trafen sich also mittig und es sah köstlich aus. Katerchen in der Starre und Lunchen begann sein Gesichtlein abzuschlecken. Sie wollte gar nicht damit aufhören und genoss es sichtlich. Das war so ein superschöner Anblick … bis eben, Katerchen aus der Starre erwachte, die Ohren anlegte und gaaaanz bööööse auf Luna schaute. Hihi, er war sicher sauer, dass er nun meine Streicheleinheiten teilen musste und ich sagte zu ihm: „*Dösbaddel. Könntest doch gerade doppelte Streicheleinheiten von Weibchen genießen.*" Hihi, aber vielleicht hatte er gerade davor Schiss und traute der Sache nicht. Mürrisch zog er von dannen und wollte seinen Frust kämpferisch an Lea auslassen. Diese aber freute sich einfach nur, dass er mit ihr spielen wollte. Er wurde immer kämpferischer, wohl weil er sich ärgerte, dass sich niemand für seine Kampfeslust zur Verfügung stellte. Hihi, Lea ignorierte dies nämlich total. Er spielte sich dann auf, wie ein großer Tiger und wollte ihr damit verständlich machen, dass er schlecht drauf ist. Aber damit hatte er bei der kleinen Lealöwin keine Chance. Sie liebt ihn, egal wie er ist. Zumindest meistens *grins*.

Hach, ich liebe meine drei Samtpfoten. Ja, Lea ist auch Eine. Da ist mit Sicherheit etwas schiefgelaufen bei ihr … nie und nimmer ist sie NUR ein Hund *kicher*. Sie ist eine Löwenmama. Echt. Gestern beim Gassi gehen, habe ich mich schier kaputt gelacht. Wir trafen nämlich auf eine fremde Katze, welche sich Lea gegenüber verhielt, wie unser Katerchen. Wie erkläre ich das am Besten? Hm … kicher … also, stellt euch eine Katze vor, welche einem Hund mit ihrer ganzen Körperhaltung zeigt, dass sie in Ruhe gelassen werden möchte. So Alla, ich bin eine Katze, und du bist NUR ein Hund. Nun Lealöwin reagierte auf das Katzilein. Sie machte es ihr nach. Aber so was von nach, das glaubt ihr nicht. Absolut Hunde untypisch sprach sie Katzenkörpersprache. Ich habe wirklich so gelacht. Ja, das ist halt meine kleine Löwin.

Luna ist glücklich

Der Sommer verging. Ein Sommer in dem unglaublich viel geschah, worüber ich nicht wirklich ins Detail gehen möchte. Ich mag nur kurz erzählen, dass es Lunchen richtig schlecht ging und wir nicht mehr wussten, was wir tun können. Ich spürte den Tod und das machte mir so eine Angst. Sie sollte noch nicht gehen. Ich wollte sie noch nicht verlieren. Damals wurde mir eine junge Frau von einer lieben Freundin empfohlen. Diese junge Frau Namens Aylin Nassiri, welche mit Tieren sprechen konnte, die rief ich dann an. Sie trat in Kontakt mit Luna. Was sie mir danach erzählte, war einfach nur faszinierend, würde hier aber den Rahmen sprengen. Auf jeden Fall erzählte sie mir Dinge über Luna, Lea und O`Malley, die sie NICHT wissen konnte. Das alles brachte mich so ins Vertrauen, dass ich auf meine Weise, eben auf anderer Ebene, auch mit Luna arbeitete. Ja und dann veränderte sich alles.

Luna zauberte mir ein Lächeln ins Gesicht. All die Zeit, die sie bei uns war, hatte sie immer wiederkehrende Albträume. Einmal setzte sie sich sogar mitten im Schlaf auf und boxte gen Lea, welche nur erschrocken zu mir schaute. Nach dem Gespräch mit Aylin, hatte Luna keine Albträume mehr. Des Weiteren, gab es nur drei Dinge, die sie wirklich interessierten. Schmusen, schlafen, fressen und das alles mutantenmäßig. Doch nun fing sie an zu spielen. So aus dem Nichts heraus. Außerdem raste sie trampelnd durch die Wohnung und hatte ihre wahre Freude daran. Hihi, ich musste so lachen. Ja, sie trampelte wie eine Elefantenlady. Wie sie das mit ihrem Fliegengewicht von 2,5 Kilo hinbekam, weiß ich auch nicht. Sie jagte die Spielmaus und dopste dabei durch die Gegend. Herrlich war es anzusehen. Sie kletterte in Papierkörbe und nichts war mehr vor ihr sicher. Lea und Katerchen schauten nur ganz erstaunt, als sie das sahen. Lea, man sah es ganz genau, überlegte sogar, ob sie nun mit Lunchen wohl mit toben dürfte. Sie war schon im Ansatz bereit, es zu versuchen, doch sie traute der Sache dann doch nicht, zog sich zurück und beobachtete weiter. Kann ich total verstehen, ich würde der Sache auch nicht trauen *grins*. Es war so ein Geschenk vom Leben, zu sehen, wie die Kleine aufblühte. Ich war so dankbar, dass ich das noch mit ihr erleben durfte. Dennoch sah ich natürlich, dass ihr Gesundheitszustand nicht der Beste war. Sie verlor zum Beispiel Fellbüschel, wenn sie sich putzte, was wohl an den immer mehr versagenden Nieren lag. Auch spürte ich, dass sie irgendwann „gehen würde" … umso dankbarer war ich, dass der Zeitpunkt noch nicht da war und dass sie noch mal so richtig lebendig wurde. Aylins und mein Tun, haben ihr geholfen, dass sie nun im Innen glücklich war und es nach Außen zeigen konnte. Der Wandel war wirklich unglaublich und wie ein kleines Wunder. Ja, sie begann das Leben nun viel mehr zu genießen und war so lebendig. ENDLICH! DAS machte mich unbeschreiblich glücklich.

Andere Hundebesitzer

Sicher kennt der eine oder andere, Begegnungen mit Hundebesitzern, welche einen nur zum Staunen oder auch in unverständliche Wut bringen. Meine kleine Lea hatte nun also einen Bandscheibenvorfall, welcher glücklicherweise nach drei Monaten soweit auskuriert war, wie es eben möglich ist. Ich war total glücklich, dass sie wieder Lebensfreude hatte, aber der Rücken war nun mal kaputt und das bedeutete für sie, dass sie nicht mehr mit anderen Hunden spielen konnte, was sie eigentlich eh nicht gerne tat. Sie spielte lieber Wettrennen, aber auch das konnte ich nicht erlauben, denn es wäre einfach zu gefährlich für sie, wenn fremde Hundetatzen auf ihrem Rücken landen würden. Wir hatten viele Begegnungen, in denen bei mir einfach nur Unverständnis übrig blieb. An eine Begegnung erinnere ich mich noch sehr gut. Lea und ich waren alleine auf der großen Schlossparkwiese und ich ließ sie rennen. Sie war so glücklich. Da sah ich eine Dame mit drei kleinen Hunden die Wiese hinunter marschieren und klaro, die Hunde waren nicht angeleint und freuten sich Lea zu sehen. Sie kamen also gleich angerannt. Ich rief der Frau zu, sie möge ihre Hunde doch bitte an die Leine nehmen, was nicht gehört wurde. Nun sie hatte ihr Bild von der Lage. Sie sah meine kleine Lea über die Wiese düsen. So machte sie sich ihr Bild, ohne auf meine Worte zu hören, die ja ihren Grund hatten. So etwas macht mich dann schon sehr grummelig. Die drei Hunde waren da, Lea freute sich dolle - klar, sie kann ja nicht einschätzen, was gut oder schlecht für sie ist. Lea wollte um die Wette rennen, was aber gar nicht möglich war, weil die Hunde sie von allen Seiten belagerten und toben wollten. Ich war damit beschäftigt, die Hunde von Lea wegzubringen und hatte einfach nur Angst um ihren Rücken. Dann landete die Dame bei uns und schaute mich unverständlich an, während sie mit vorwurfsvoller Stimme fragte, ob mein Hund den nicht spielen dürfe. Solche Situationen haben mich damals noch sprachlos gemacht. So begann ich mich zu erklären und erntete ein träges AHA, was mich noch sprachloser werden ließ. Dann lief sie weiter und schüttelte den Kopf. Solche Begegnungen hatte ich wahrlich viele. Menschen, die nicht hören, was ich sage. Menschen, die mir nicht glauben, was ich sage. Menschen, die nur ihr eigenes Bild aufgrund ihrer eigenen Erfahrungen haben und Scheuklappen aufhaben, was andere betrifft.

Begegnungen mit Hundebesitzern, die den üblichen Satz loslassen: „Meiner macht nichts.", wenn ich vorweg darum bitte, den Hund anzuleinen.

Es gibt einen Grund, wenn ein Hund angeleint ist und letztendlich sollte der Grund für das Gegenüber vollkommen unwichtig sein und der eigene Hund sollte angeleint werden. So oft hörte ich den Satz, dass der Hund nichts macht und erlebte Gegenteiliges. Oder den Satz, das er hört und dann nicht hörte. Leider habe ich viele weniger schöne Erlebnisse gehabt und zwei Mal hatte die kleine Lea echt einfach nur Glück gehabt, dass sie nicht gebissen wurde. Ich verstehe es einfach nicht und werde es nie verstehen, wenn Hundebesitzer nur in ihrem eigenen Denken verhaftet sind und dementsprechend Empathie- und rücksichtslos mit ihren Hunden durch die Welt marschieren. Manchen ist die Freiheit ihrer Hunde einfach wichtiger, als der Mensch, der ihnen begegnet. Ihnen ist nicht bewusst, dass es auch möglich sein kann, dass jemand seinen Hund an der Leine führt, weil er eben schon schmerzvolle Erfahrungen machen musste und nicht erneut solche erfahren will. Ihnen ist nicht bewusst, dass der andere Hund traumatisiert, oder krank sein könnte oder aggressiv mit anderen Hunden. Oder, oder,

oder. Ihnen ist einfach zu viel NICHT bewusst. Rücksichtnahme und auch Verständnis, sind hier leider Fremdworte geworden. Ich wünsche mir, das wäre anders.

Der neue Tierarzt

Eines Tages dann, Lunchen ging es schon neun Monate richtig blendend, dachte unser Kater, dass er nun mal unsere Aufmerksamkeit bräuchte. Ich entdeckte eine große Wunde an seinem felligen Schwanzansatz. Wir fuhren zu unserem Tierarzt, welcher uns mitteilte, dass die Wunde so groß sei, dass er den Schwanz amputieren müsste, was er aber nicht wirklich wollte. Er verwies uns an einen Kollegen, mit den Worten, dass dieser auch Alternativ arbeitet und so schon viele Tiere retten konnte. Das er dies tat, fand ich toll und so fuhren wir mit O`Malley sofort zu Dr. Kurt Fischer nach Heidelberg-Kirchheim. Katerchen fand das gar nicht schön, in den Transportkorb eingesperrt zu werden und als er damit beim Arzt auf der Bank stand und raus sollte, hing er oben im Korb drinnen, den wir schon senkrecht gestellt hatten. Als wir ihn dann aber draußen hatten und der Onkel Doktor sich um ihn kümmerte, veränderte sich alles. O`Malley wurde ganz ruhig. Der Arzt löste den Verband von der großen ringförmigen Wunde, säuberte alles, behandelte dann mit einem Gerät, das ich nicht kannte und Kater saß einfach nur ruhig da. Er ließ geschehen. Ich sah wie der Arzt zufrieden vor sich hin lächelte und mein Mann sagte voll Erstaunen: *„Wir durften nicht mal in die Nähe des Schwanzes kommen, da hat er schon gejault."* Hier musste ich dann lächeln, weil ich nun wusste, bei diesem Arzt sind wir gut aufgehoben. Ja, er war mir sofort sympathisch. Katerchen blieb auch beim Anlegen des neuen Verbandes still liegen. Das alles war zuvor nur unter Narkose möglich. Dr. Fischer erklärte uns auch, dass er ein spezielles Mittel auf die Wunde getan hat, welches gut bei der Heilung helfen würde. Neben der nötigen Medizin, wurde er noch mit Homöopathie versorgt. Nachdem

O`Malley versorgt war, fragte mich der Arzt, was ich denn für ihn tun würde. So berichtete ich ihm von Leas Bandscheibenvorfall und dass ich auch energetisch mit Kater arbeiten werde. Breit grinsend stand er da und meinte zu meinem Mann: „*Was halte sie davon?*" Hihi, mein Mann meinte: „*Es ist nicht mein Ding, aber sie soll mal machen.*" Der Arzt erwiderte: „*Nehmen sie das nicht auf die leichte Schulter. Sie glauben gar nicht, wie viel man damit erreichen kann.*" Zu mir sagte er: „*Dann machen sie mal ihr Ding und ich meines und gemeinsam kriegen wir den Kater wieder hin, wenn wir auch Zeit dafür brauchen.*" Ich fand das alles so genial und ich war glücklich, dass wir diesen Arzt gefunden hatten. Natürlich konnte ich es nicht lassen und sagte zu ihm: „*Sie haben doch auch etwas gemacht mit dem Kater, sonst wäre er nicht so ruhig geblieben.*" Lächelnd erklärte er: „*Ich versuche vor der Behandlung mit dem Tier in Verbindung zu treten, damit die Angst geht.*" Diese Antwort gefiel mir sehr.

Eine Woche lang fuhren wir fast täglich dorthin und Katerchen ließ sich jedes Mal einfach nieder und alles mit sich geschehen. Hier mag ich auch gleich erwähnen, dass Kater ein paar Wochen später Probleme mit der Blase hatte und er ließ sich sogar den Katheder ohne Narkose legen. Egal wem ich das erzählte, das wollte mir keiner glauben. Mir aber zeigte es, dass beim richtigen Arzt, vieles möglich ist, was man zuvor nicht glaubte. Und wenn ich schon gerade dabei bin, mag ich wirklich jetzt noch mehr Anerkennung für Dr. Fischer aussprechen. Auch Lea bekam von ihm ergänzende Alternativversorgung für ihren Rücken. Sie hatte zwar noch zwei Mal einen Schmerzrückfall, aber er hat sie immer wieder hinbekommen. Ohne Operation. Was mich im Laufe der Jahre die folgten auch faszinierte, war, das dieser doch bodenständige Mann und Tierarzt mich stets mit einbezog, vor allem wenn es um meine kleine Lea ging. Mir selbst war schon klar, wie sehr sie und ich verbunden waren und dass wir dazu neigten für den anderen zu „tragen", also mitzuleiden. So freute ich mich, dass er es ähnlich sah und mich dann auch „behandelte". Auf seine Weise eben, mit dem, was ihm zur Verfügung stand und er half mir dadurch. Auch Freunde von uns, fuhren mit ihrem Hund zu Dr. Fischer, nachdem ihr Hundemädchen zuvor leider fehl behandelt wurde und unsere Freunde nicht mehr weiterwussten. Nun muss ich schon wieder lächeln. Als Lea wieder mal einen Rückfall hatte, träumte ich von unserem Tierarzt. Mir wurde im Traum gesagt, dass Dr. Fischer es schon richten wird. Und ja, so war es bisher immer. Er hat es gerichtet. Auch der Hund unserer Freunde fand nach den ersten Behandlungen schon Erleichterungen und so waren sie guter Dinge, das ihm weiter geholfen wird. Aber nun zurück zum Kater einst.

Klein Lealöwin umsorgte O`Malley zu Hause mit Liebeseinheiten, was total süß war, da er es genoss. Lunchen aber litt irgendwie unter dem ganzen Stress, verzog sich und hörte auf zu fressen.

Mein Lunchen … fast drei Jahre war sie zu diesem Zeitpunkt bei uns und lehrte mich in Etappen Abschied nehmen. So viel hatten wir gemeinsam erlebt und geschafft. Meine kleine Kämpferin und Schmusemutantin. Sie lehrte mich, das Leben so zu nehmen, wie es gerade ist und sich nicht unterkriegen zu lassen. Neun Monate war es ihr nun so gut gegangen und als Katerchen krank wurde, fraß sie nichts mehr. Sie war nur am Schlafen und so erschöpft. Dennoch schaute sie mich an mit ihren Augen und beruhigte mich. Ja, das konnte sie, mein kleines Lunamädchen. Als dann die erste Woche mit Katerchen vorbei war und wir Sonntag hatten, da wurde mein Herz ganz schwer. Tief in mir fühlte ich, der Abschied von Luna rückt näher. So teilte ich meinem Mann mit, dass wir sie Montags mit zum Tierarzt nehmen würden. Der Gedanke war da, ganz plötzlich. Der Montag kam, ich lag noch im Bett, da kam Luna aus ihrem Schrankversteck zu mir. Sie schwankte mehr, als das sie lief und mir zerriss es schier mein Herz. Ich lag auf dem Rücken und Lunchen torkelte zu mir. Kraftlos fiel sie in meine Arme. Dann kuschelte sie sich in meinen Arm, wie ein kleines Kind, dass sich an ihre Mutter drückt. Sie schaute mich an und dann schlief sie erschöpft ein. Da lag ich, streichelte sie und nahm Abschied. Bedankte mich für die Zeit mit ihr und für das, was sie mich lehrte. Ich genoss die letzten innigen Momente mit ihr und sammelte meine Kraft. Als ich dann aber aufstehen musste, wegen der Arbeit, raffte Luna sich auf und schwankte wieder zurück zu ihrem Schrankplatz. Das war ein Moment, da ich sie am liebsten nicht mehr weggelassen hätte von mir. Aber ich ließ sie. Ja, ich ließ sie zu ihrem Platz gehen. Es war ihre Entscheidung nun Ruhe haben zu wollen und diese akzeptierte ich. So schwer es mir fiel. Sie schlief, bis wir dann am Mittag zum Tierarzt fuhren.

Abschied

Wir fuhren also mit Kater und Lunchen zum Tierarzt. Katerchen wurde versorgt und dann schaute er sich Lunalady an. Nach der Untersuchung teilte er mit, dass sie sterben wird und er fragte, ob ich sie begleiten möchte oder ob er nachhelfen sollte. Wobei er die natürliche Art bevorzugen würde. Mein Mann stand am Rande des Behandlungszimmers. Er geht mit solchen Dingen anders um, als ich. Zieht sich zurück und macht das mit sich selbst aus. So wusste ich, dass ich da alleine durch muss und ehrlich gesagt, hatte ich da echt Schiss davor. So schaute ich hin zum Tierarzt und spürte eine kraftvolle, ruhige Welle zu mir herüber fließen, so dass ich trotz meiner Angst vorm Tod, die Entscheidung traf, Lunchen jetzt zu begleiten und ich wollte auch nicht, dass sie eingeschläfert wird. Ich hatte keine Ahnung, ob ich das schaffen werde, aber ich wollte sie nicht alleine lassen. Der Arzt erklärte mir, wie ich für sie da sein kann und setzte sich mir gegenüber. Ich streichelte sie und sprach mit ihr und war einfach nur dankbar, dass wir bei Dr. Fischer gelandet waren. Ja, er half mir, die Kraft zu haben, für meine Schmusemutantin da zu sein. Ich weiß nicht wie viel Zeit verging, doch dann kam ein kurzer Todeskampf, der mich richtig durchrüttelte. Doch tapfer war ich weiter für sie da und verabschiedete mich ein letztes Mal. Dann ging sie über die Regenbogenbrücke und ich wusste, nun geht es ihr gut. Wir schenkten uns so unendlich viel Liebe und ihren inneren Frieden hatte sie ja die letzten Monate gefunden. Jetzt hatte auch ihr Körper Frieden. Dann lag nur noch ihr Körper da und ich war froh, dass ich schon vor der Abfahrt die Adresse der Tierpietät eingesteckt hatte. Der Arzt riet uns vorher mit Lunchens Körper noch zu Lea und Kater zu fahren, damit auch sie erfahren, was mit Lunalady ist. Tiere würden unterschiedlich reagieren, erklärte er uns. So folgten wir seinem Rat. Hund und Kater sahen Lunchens Körper, schnupperten kurz und liefen dann gelassen davon. Hier wurde mir noch einmal bewusst, Lunchen ist nicht mehr da. Es ist nur noch die körperliche Hülle. So brachten wir Luna zur Tierpietät. Die Dame dort, war äußerst liebenswert und so fühlte ich mich dort auch aufgefangen. Wir beschlossen eine Katzenurne zu kaufen und diese steht noch heute bei mir.

Am nächsten Tag suchte ich ein schönes Foto von Luna und fand eines, da sie gemütlich da lag und von der Sonne beschienen wurde. Ich dachte: *„Lunchen mochte das Licht schon immer und nun ist sie Licht. Ja, ein Licht unter Lichtern."* Ich war so traurig und doch war ich auch dankbar, für die Zeit mit ihr, der kleinen weißen Kämpferin.

Damals machte ich mir Gedanken über den Tod:

> Früher war der Tod für mich Tod. Also etwas Schreckliches. Mein Herz erklärte mir immer, dass ein geliebtes Wesen im Herzen weiterlebt. Aber das wollte ich nicht hören und ich litt einfach nur. Erst durch Lunchens Abschied, erfuhr ich, wie es sich wirklich anfühlt, wenn die Liebe bleibt. Lunas Weise sich von mir zu verabschieden, also schon ein paar Tage vorher zu zeigen, dass die Zeit kommt … und ihr sich in meinen Arm legen … ach ja, ich vergaß zu erzählen … als ich aufhörte sie zu streicheln, hob sie ihre Pfote und holte meine Hand wieder zu sich, damit ich weitermache …

all das und ihr mit uns sein in diesen fast drei Jahren, zauberte ein Lächeln der Dankbarkeit in mein Gesicht und Tränen des berührt seins, wurden geweint.

Bis dato hatte ich großen Respekt vor Gevatter Tod und hatte Angst mit ihm konfrontiert zu werden. Mit Lunchens Abschied hat sich dies verändert.

Ein Tag nach ihrem Tod, da fühlte ich sie noch bei mir im Raum. Ich hörte, ja ich „hörte" sie spielen und das war schön. Außerdem erinnerte sie mich an einen alten Traum. Wie, das kann ich hier nur schwer erklären, aber es ist auch nicht wirklich wichtig. Fazit ist, dass ich genau ein Jahr zuvor, auf den Tag genau, einen Traum hatte, in welchem Luna als Geist auftauchte. In diesem Traum erschrak ich so sehr und bekam Angst, dass Lunchen sterben würde. Ich wollte nicht das sie stirbt und war nur noch am Weinen. Noch im Schlaf aber war ein Teil in mir so gelassen. Ja, ein Teil in mir, der fühlte Frieden und Dankbarkeit. Dankbarkeit, dass es ihr nun gut geht und das wir uns in der gemeinsamen Zeit so beschenken konnten. Doch ein anderer Teil in mir sagte im Traum, dass dies kein Vorhersagetraum sei und dass Lunchen nicht sterben würde. Weinend wachte ich aus diesem Alb auf, doch der Frieden, den ich im Traum schon spürte, der war noch da und ich sagte leise vor mich hin: *„Luna wird nie wirklich tot sein."*

Es tat gut diesen Traum gefunden zu haben, denn dadurch durfte ich den Frieden erneut spüren. Ich durfte mich erinnern. Ja, ich war traurig, dass sie nicht mehr da war und ich sie nicht mehr in die Arme nehmen konnte, aber dies zeigte sich nur durch sanfte Tränen, weil die Dankbarkeit größer war, für die gemeinsame Zeit und dass es ihr nun gut geht, als der Verlust.

Am Abend lagen Lealöwin und O`Malley bei mir. Katerchen wollte sich auf meinen Brustkorb legen, welcher bisher Lunchens Platz war. Er stand neben mir, versuchte es, aber es ging nicht. Da musste ich lächeln. Er konnte sich nicht hinlegen, weil Lunchen noch da war und schon auf ihrem

Lieblingsplatz lag. Katerchen drehte sich weg und ließ sich dann neben mir fallen. Und ja, klar war ich traurig, weil ich die Lady nun nicht mehr streicheln konnte, und dennoch war der Frieden größer. Dank ihrem „da sein" auf „ihre Weise", half sie mir eine neue Erfahrung zu machen. Meine weise Lehrerin, im Leben, wie im Tode.

Ich war auch sehr dankbar, dass ich die Kraft hatte sie über die Regenbogenbrücke zu begleiten. Dankbar, dass sie in meinen Armen sterben konnte. Dankbar, dass wir so noch einmal Abschied nehmen konnten und als sie ins Licht gegangen war, da sah und fühlte ich, es ist nur noch der Körper, der hier ist. Ich fühlte die Freiheit ihrer Seele. Ich durfte spüren, dass es ihr gut geht. Das war ein weiteres Geschenk von ihr, an mich.

Lunchen wird nie wirklich „tot" sein. Sie lebt in meinem Herzen weiter und ich bin glücklich, dass ich erleben durfte, wie sich das anfühlt. Durch diese Erfahrung konnte ich die Liebe für alle Wesen, die je in meinem Herzen ihren Platz gefunden hatten und aus meinem Leben verschwanden, auf welche Weise auch immer, wieder fühlen. Liebe war, ist und bleibt. Egal wie es im realen Leben aussehen mag.

Beim nächsten Arztbesuch mit Kater, bedankte ich mich bei Dr. Fischer und erklärte ihm, dass ich durch seine Ruhe, die er ausstrahlte für Lunchen da sein konnte, auf ihrem Weg. Er war sehr berührt und wusste gar nicht was er sagen sollte. In diesem Augenblick, konnte ich nicht still sein und sagte: *„Alles ist miteinander verwebt und vieles zeigt seinen Sinn erst im Nachhinein. Ich hatte mich gefragt, warum Katerchen sich den Schwanz so schwer verletzt hat. Warum? Nun, ich glaube daran, dass alles was geschieht einen Grund hat. So spielte O`Malley auch mit, in diesem Schauspiel. Ohne die schwere Verletzung wären wir nie bei Ihnen hier gelandet. Ohne sie Dr. Fischer, wäre ich nie mit Lunchen zum Arzt gefahren und ich hätte sie am nächsten Morgen tot im Schrank gefunden, was ich mir gar nicht vorstellen mag. Ja, ohne die Verletzung des Katers, wäre alles anders verlaufen und nicht so heilsam, wie es nun war. Außerdem hat O`Malley auch etwas gelernt. Er fühlte sich immer* als *Außenseiter neben den Mädels und nun erfährt er, dass wir ihn genauso lieben und wird zu einem richtigen Schmusekater. Manchmal denke ich, es gibt ihn doch, den großen Plan.*" Der Arzt lächelte nur berührt vor sich hin. Hihi, vielleicht war ihm das Gesagte aber auch zu viel, ich weiß es nicht. Als Dankeschön schenkten wir ihm Leas Rudelbuch die Erstauflage und ein Foto von Lunalady mit einer kleinen Geschichte. Da hat er mich dann doch warmherzig in die Arme genommen, und hat mich damit „berührt". Ich mag Umarmungen, da man die Herzenswärme des anderen fühlt. Ja, die mag ich sehr.

Ausbrechversuch des kranken Katers

So weilte Lunchen nicht mehr unter uns und wir waren damit beschäftigt Katerchen weiter gesund zu pflegen. Sechs Wochen waren schon vergangen, da sein Schwanz vor sich hin heilte und er nicht nach draußen durfte. Sechs Wochen mit verbundenem Schwanz und Trichter um den Hals. Das arme Katerchen aber auch. Das ihm das eines Tages dann auch zu viel wurde, war ja klar. Selbst für einen so liebevoll trantütigen Kater wie O`Malley.

Obwohl Lunchen nicht mehr da war, hatte ich noch nicht das Katzennetz im Freigehege entfernt und hinter diesem Netz wartete der Garten auf O`Malley - so dachte er wohl, während ich im Esszimmer saß und am neusten Buch schrieb.

Loits, ich sag euch, das war für mich eine Situation mit Adrenalin pur *hihi*. Gerade noch rechtzeitig, so aus den Augenwinkeln heraus, sah ich, wie Katerchen sich über alle Hindernisse hinwegmachte, welche ich vor den Türschlitz zur Terrasse hingelegt hatte. Tja, ich wollte halt die Tür ein bisschen aufhaben, wegen frischer Luft und hatte da wirklich ganz viel Zeug hingestellt, nicht ahnend, dass dies für Kater überhaupt kein Problem sein würde. Was meint ihr? Wer war wohl schneller? Er oder ich? Also ich bin losgerast, während er noch mit seinen Hindernissen beschäftigt war … da er natürlich mitbekam, dass ich ihn aufhalten wollte, beeilte er sich und schwuppdiwupp, war er durch den Schlitz draußen im Freigehege. Ich hinterher ins Dunkle der Nacht. Adrenalin pur. Nichts sah ich, aber ich wusste, er wird gleich versuchen das zwei Meter hohe Netz hochzuklettern ... um in der Nacht zu verschwinden ... und das konnte ich ja mal gar nicht zulassen. Vor allem durfte er nicht mit Trichter und krankem Schwanz da hochklettern. DAS geht ja gar nicht. Viel zu gefährlich ist das. Das Licht vom Esszimmer ließ mich ihn ein wenig sehen und da ... er setzte schon zum Sprung an ... weil hochsteigen, da reichte die Zeit ja nicht mehr ... weil ich ihm auf den Fersen war ... buah ... ich düste los ... der blöde Stuhl war mir im Weg und ich versuchte zu springen, vergaß dabei, dass ich keine Katze war, sondern nur ein älteres menschliches Weibchen ... und ich stolperte über den Stuhl, fiel, nein ich segelte mit wehenden Fahnen, ähm Haaren und ausgebreiteten Armen, weil ich ja versuchte mein Gleichgewicht wiederzufinden ... gen Netz ... und wurde von diesem aufgefangen. Die Holzbälkchen an welchen das Netz befestigt war ... hm ... die waren stark und doch nicht stark genug. So auch das Netz. Nein, ich hätte mich nicht sehen wollen, wie ich in dem nun schräg hängenden Netz drin lag ... nein, wirklich nicht *kicher*. Der Vorteil des Ganzen war, dass O`Malley dermaßen erschrak, dass er seinen Fluchtversuch aufgab und nach drinnen in die Sicherheit flüchtete *lach*. Ich tat das auch, nachdem ich wieder sicheren Boden unter den Füßen gefunden hatte. Erstaunlich für mich war, dass weder der Herr des Hauses noch Lealöwin irgendwas von allem mitbekommen haben. Die schliefen tief und fest und mein Mann lachte sich später einen ab, als ich ihm alles erzählte. Gerne hätte er das natürlich gesehen *grins*.

Nun, somit hat sich meine anfängliche Frage dann auch beantwortet. Katerchen war schneller als ich, ohne Frage, dafür war ich aber natürlich klüger, wendiger, gelassener ... also in der Art oder so *grins*.

Lady Marie

Die Zeit verging, Lea hatte einen zweiten Rückfall mit ihrem Rücken, während Katerchen dachte, ich hätte damit nicht genug zu tun und auch krank wurde, mit der Blase. So durfte ich mich darin üben, gelassen zu bleiben und mit meinen Tieren nicht mitzuleiden, sondern mitfühlend für sie da zu sein. Hier vermisste ich mein Lunchen natürlich sehr, weil sie mir immer so viel Nähe geschenkt hatte. Ja, das hätte mir damals echt gutgetan. Aber Lunchen erschien in einem Traum in der Nacht und erzählte mir, dass sie mir eine Katze bringen würde. Natürlich war ich sehr neugierig wie diese sein und wann sie zu uns kommen würde. Doch ich musste noch acht Monate warten, bis mein Wunsch erfüllt wurde.

Wie sie dann den Weg zu uns fand, das war wirklich lustig. Wobei sie sich schon lange Zeit vorher zeigte. Alle unsere Tiere haben ihren Weg zu uns gefunden, bei Lea angefangen. Es war immer irgendwie geführt, gewollt und sollte so sein.

Als wir einst in Teneriffa in Urlaub waren und Lunalady kennenlernten, hatte ich schon den ersten Traum, in dem ein Katzenbaby zu uns kam und im Traum hieß es Marie. Im zweiten Traum, da waren wir schon umgezogen in unser wunderschönes neues zu Hause, mit paradiesischem Garten, sah ich bei uns im Haus ein kleines Katzenmädchen. Eine Main Coon. Hihi, im Traum ärgerte und provozierte sie O`Malley dermaßen, dass er in den Garten flüchtete. Das war dann der Zeitpunkt, da ich mich fragte, wann klein Marie zu uns kommen würde. Hier nahm dann das Schicksal seinen Lauf. Um es kurz zu halten, was mir immer sehr schwerfällt, mag ich hier nur sagen, dass es zu einer Begegnung mit einer mir bekannten Frau kam. Sie und ich, wir hatten unsere eigene Geschichte und diese war nicht so schön. Die Umstände meines Lebens, brachten uns dann auf neue Weise zusammen. Da sie zu diesem Zeitpunkt eine Katze verlor, wollte ich für sie da sein. Mir war egal, was vorher zwischen uns war. Wenn ein Mensch ein Wesen verliert, verspürt er unendliche Traurigkeit und da gab es für mich kein wenn & aber. Da war ich einfach mitfühlend da. Über die gemeinsame Liebe zu Tieren, hatten wir somit ein Thema im Miteinander gefunden, welches uns neu zusammenführte. Sie vermisste ihre Katze sehr und wünschte sich eine Neue, gleichzeitig war sie voller Bedenken. Ihre Katze war für sie etwas Besonderes und man könne sie doch nicht einfach ersetzen. Ihre Katze sei von ihr gefunden und gerettet worden und so etwas passiert doch nicht ein zweites Mal. Solche Gedanken eben. Da habe ich ihr gesagt, dass ein Tier auf verschiedene Weise den Weg zu ihr finden kann. Das es sich zeigen wird und sie vertrauen möge. Das vielleicht irgendjemand zu ihr sagen würde, dass da ein Katzenwurf ist, den sie sich mal anschauen soll. Da hat sie mich angeschaut und gemeint, dass dies schon geschehen sei. Es gäbe Katzenkinder. Main Coon gemischt mit norwegischer Waldkatze. Hier beschloss sie dann, sich die Katzenbabys anzuschauen.

Tja, ein paar Tage später rief sie mich an. Sie war gerade bei den Katzen und erzählte mir, dass sie ihren Kater gefunden hätte und unsere Katze auch. Ich lächelte vor mich hin und erklärte ihr, dass ich keine Rassekatze möchte, sondern eine einfache Hauskatze, aber das ich mich sehr für sie freuen würde. Sie wiederholte sich nur und meinte, sie würde mir mal ein Foto von unserer neuen Katze zuschicken, was sie dann auch gleich tat. Ich öffnete die sms, schaute auf eine Mini Katze, blickte in ihre Augen und mir rutschte raus: *„Hallo Marie."* Dann las ich die Worte, welche die Frau mitschickte: „Das ist deine Sabine." Ich war verliebt. Ja, ich liebte Marie vom ersten Augenblick an und sie sah aus wie die Main Coon, von der ich geträumt hatte. Die Entscheidung war gefallen. So war das mit Marie. Sie hat uns gefunden. Gleichzeitig haben jene Frau und ich, Frieden mit der Vergangenheit gefunden und nun sind wir für unsere Katzen gegenseitig Tanten *grins*.

Natürlich musste mein Mann auch noch überzeugt werden und so besuchten wir auch gleich die Katzenfamilie. Hach was waren die aber auch niedlich. Alle tobten um uns herum, außer Marie. Die wollte das nicht und verließ watschelnd das Zimmer, um einen anderen Raum aufzusuchen. Sie lief wirklich wie ein kleines Prinzesschen davon. Mein Mann war ganz enttäuscht und meinte sie sei ein Angsthase. Ich aber erwiderte nur: *„Die Kleine hat keine Angst. Sie weiß nur was sie will und was nicht. Schau mal wie sie hoch erhobenen Hauptes davon stolziert. Außerdem wackelt sie mit ihrem Hintern genauso wie die kleine Marie in Aristocats und diese hat es faustdick hinter den Ohren."* Natürlich hatte ich recht, was sich sehr schnell herausstellte, als Lady Marie bei uns einzog und wie ein kleiner Wirbelwind allen zeigte, wo es langgeht. Sie war von Anfang an Balsam für meine Seele, ein wahrer Goldschatz eben. Sie war wild und sanft. Göre und Lady. Hach je und sie war noch Voodoo klein, was natürlich gleich den Beschützerinstinkt in mir weckte. Katerchen durfte sie nicht gleich kennenlernen, weil der war ja viel zu groß … oder meine Angst war zu groß *grins* und bei Lea hatten wir das Glück, dass auch bei ihr der Mutterinstinkt erst mal geweckt wurde. Erst einmal!

Die Abende mit Marie, die genoss ich sehr. Lea lag wie üblich zwischen meinen Beinen und Mariechen, oh sie erinnerte mich in so vielen Dingen an Lunchen … sie setzte sich vor mich auf meinen Bauch, schaute mir ewig lange in die Augen, fing an zu trippeln, legte sich auf meinen Brustkorb und schnurrte wie ein Minitraktor. Irgendwann steigerte sie das Programm und schlängelte sich hoch an mein Ohr, um dann dort zu nuckeln und dabei einzuschlafen. So etwas hatte ich noch nie erlebt und ehrlich gesagt, genoss ich es natürlich. Es war nah, warm, und einfach schön.

Goldig war dann immer das abendliche ins Bett gehen. *„Komm"* sage ich nämlich immer zu Lealöwin und diese steht dann auf und läuft freudig mit mir ins Schlafzimmer. Marie verstand das sofort und so liefen dann beide mit mir die

Treppen hoch gen Bett. Oftmals liefen sie um die Wette *lach*. Auch etwas das Lunalady immer tat. Ja, Mariechen war schnell mein Sonnenschein.

Maries Erlebnisse

Natürlich musste Mariechen auch ihr neues zu Hause entdecken und im Wohnzimmer haben wir einen sehr großen Buddhabrunnen, von dem sie einfach nur fasziniert war. Ständig turnte sie darauf rum, ganz wagemutig. Hihi, sie zeigte dem Herrn des Hauses, dass sie ein wahrlich mutiges Etwas war. Und genau durch solche Aktionen, schaffte sie es, dass er sich binnen kürzester Zeit wirklich in die Kleine verliebte, was mich natürlich sehr freute. Sie kletterte um den Buddha herum, welcher in einem großen Wasserbecken steht und natürlich musste auch sein Kopf erklommen werden. Es war ein herrlicher Anblick das kleine Wesen hoch oben auf dem Buddhakopf zu sehen. Irgendwann landete sie klaro - im Wasser, sprang sofort raus, schüttelte sich voll Verachtung und kletterte sofort weiter auf dem Buddha rum. Lea schaute immer nur aufs Höchste erstaunt zu, und hier kam dann auch die Phase, da wir merkten, unsere kleine Löwin ist nun auch älter geworden. Die mütterlichen Instinkte, welche ein paar Jahre zuvor noch sehr ausgeprägt waren, hatten einer gewissen Kauzigkeit ihren Platz überlassen müssen. Der kleine übermütige Nachwuchs war ihr oft zu lebendig, zu aufgedreht, zu nervend und Lady Marie, welche natürlich gerne spielen wollte und dabei immer übermütig war, bekam schnell Grenzen gesetzt. Dennoch genoss ich die Momente da Lea wieder ganz die Liebe war und Mariechen ab busselte. Ein einziges Mal durfte ich sogar erleben, dass es Marie schaffte, sich ganz an Lea ´ran zu kuscheln, als diese im Tiefschlaf war. In diesem tiefen Schlaf legte Lea sogar ihre Pfote auf Marie und da lagen die beiden dann so selig schlafend da, das einem nur das Herz aufgehen kann.

Dann kam der Tag, da Katerchen den Neuzugang kennenlernen durfte. Dem schmeckte das so ganz und gar nicht, dass da was Neues da war und er ignorierte sie. So Alla: *„Wenn ich die jetzt nicht sehe, dann ist die bestimmt bald wieder weg.“*

Ja, der etwas träge, seine Ruhe habende Kater, kam mit der kleinen Wilden nicht wirklich klar. Sie aber liebte ihn sofort, zeigte es ihm und er war vollkommen überfordert mit ihr. Das tangierte Mariechen natürlich überhaupt nicht, weil sie wollte ja spielen und vor allem ihre Kräfte messen. Hier stelle man sich bitte einen 8 - 9 Kilo Kater vor und daneben ein Minibabykätzchen, welches nicht locker lässt. Oh ja, sie ließ nicht locker, provozierte ihn, sprang auf ihn drauf und Katerchen ließ sich alles einfach nur gefallen. Hahaha, seine Körpersprache war herrlich. Er lebte wirklich die Vogelstraußtechnik. Kopf in den Sand und wenn der Kopf wieder auftaucht, ist das quirlige Wesen sicher verschwunden. Doch die Realität lehrte den Kater, dass das so nicht funzt. Je weniger er sie beachtete, desto wilder wurde sie. Das waren dann Situationen, da Lealöwin dastand, zuschaute und erst mal gar nicht wusste, was hier abging. Irgendwann beschloss sie dann, bei Extremsituationen für Ruhe zu sorgen. Sie beobachtete erst was ablief, um dann für sich zu entscheiden, wer von den beiden ihre Hilfe braucht und dann wurde sie aktiv. Es war herrlich, wie sie immer für Frieden sorgen wollte, wenn sie manchmal bei ihrer Entscheidung, wem sie hilft, auch etwas ungerecht war. Hihi, Weibchen halt und dabei der eigenen Stimmung oder Laune folgend.

Nachdem Katerchen erkannte, dass dieses kleine lebendige Wesen wohl tatsächlich nicht mehr weggehen würde, beschloss er der winzigen Lady zu zeigen, dass er der Herr im Haus ist. Das waren Momente, da ich ihm immer sagte, dass er locker 8 Kilo mehr drauf hat, als die Kleine, was ihn natürlich recht wenige interessierte. Er zeigte der Minikatze wo es lang geht und haute sich dann stets volle Breitseite auf sie drauf und versuchte sie zu beißen. Aber Marie interessierte das nicht. Sie freute sich, dass der Große endlich mit ihr spielte. Hihi, in diesen Augenblicken hat sie dem wahren Herrn des Hauses, meinem Mann gezeigt, dass sie wirklich keine Angsthäsin ist. Dem Kater zeigte sie das auch. Lea aber war natürlich sofort zur Stelle um O`Malley zu helfen. Sie rannte mitten rein, verjagte Marie und busselte den armen „kleinen" Kater ab, welcher ja so gar keine Chance hatte alleine, gegen die Minikatze *hihi*. Die Minikatze aber fand das gar nicht schön, dass Lea sich da einfach einmischte und somit lauerte sie dann Lea auf. Schließlich musste sie ja mit irgendjemandem Kräfte messen. Hier begann dann immer Zickenkrieg. Ja, diese Kennenlernphase, die zog sich dann schon über einen langen Zeitraum hinweg und kostete mich persönlich ziemlich viel Nerven. Ich war nämlich die einzige Angsthäsin in diesem Rudel. Meine Angst wurde dann am Meisten durch Leas Verhalten geschürt.

Ja, Lealöwin zeigte Marie sehr schnell, dass sie als Hund nicht alles mit sich machen lässt. Es gab so manche Situationen, vor allem wenn es ums Futter ging. Da wurde Lea wirklich zur Wölfin und ein manches Mal dachte ich, gleich fliegen die Fetzen. Oh die Kleine kann aber auch knurren und die Lefzen hochziehen. Die Steigerung dazu war dann ein knallhartes Los preschen gen Marie und nach ihr schnappen. Marie hatte in diesen Momenten großen Respekt vor Lea, und hielt erst mal eine Weile gebührenden Abstand.

Hahaha, mein Mariechen. Natürlich war sie stinkig auf Lea in diesen Momenten. Stinkig, dass die Große das Sagen hatte. Stinkig, dass es nicht nach ihrem Kopf lief. Lady Marie konnte eh schnell sauer sein. Noch nie habe ich eine Katze so böse schauen gesehen, wie Marie. So oft lag sie gemütlich bei mir oder uns auf dem Sofa und fiel im Tiefschlaf das Sofa runter. Fazit war, sie schaute uns so böse an, als ob wir daran schuld waren. Wenn etwas nicht so lief, wie sie es wollte, schaute sie uns böse an. Und auslachen, nein, auslachen darf man sie schon gar nicht, dann erntet man einen Blick, der deutlich klar macht, dass dies ja mal gar nicht geht. Und wenn sie dann so grummelig war, suchte sie richtig nach jemandem, an dem sie ihren Kampfgeist auslassen konnte. Tja, ich kann nur sagen: „*Armer Kater.*" Kam er im falschen Augenblick ins Haus, raste sie sofort auf ihn los, sprang auf ihn drauf, als ob er ihre Beute wäre, biss sich in seinem Fell fest und er versuchte die Kleine abzuschütteln - ohne Erfolg. Wobei ich sagen muss, dass Mariechen echt Glück hat, dass der Kater so ein Gelassener ist. Ganz wie sein Herrchen eben. Seine Versuche Marie loszuwerden waren dementsprechend. Ja Lady Marie … sie zeigte uns schon sehr früh, dass sie keine schlichte Rassekatze, sondern eine Raubkatze ist *grins*.

Glücklicherweise hatten wir schon Herbst als Marie bei uns einzog. Da mag man es ja gemütlich drinnen und auch kuschelig. So wurde ich auch mit Momenten beschenkt, da Frieden herrschte. Besonders schön war jener Abend, da Katerchen beschloss, es sich mal wieder auf dem Sofa bequem zu machen. Dort gemütlich daliegend, begann er sich zu putzen und Lady Marie beobachtete ihn. Dann ging sie in Schleichstellung … sofort sagte ich Nein zu ihr und sie hörte sogar. So beobachtete sie ihn weiter und beschloss dann, sich in Abstand zu ihm auch hinzulegen. Sie begutachtete, wie er sich putzte, und machte es ihm nach. Es war köstlich. Sie putzte wirklich die gleichen Stellen an ihrem Körper so, wie sie es beim Kater zuvor gesehen hatte. Nach einer Weile rutschte sie näher an ihn und putzte ihm sein Fell. Da ging mein Herzchen natürlich auf. Als sie begann des Katers Fell abzulecken, hörte er mit putzen auf und starrte sie an. Er legte seine Ohren an, ging kurz in die Starre, wartete was nun kommen würde und als Marie liebevoll weiter sein Fell abschleckte, entspannte er sich endlich. Ist halt doch ein lieber Kater :-).

Maries erster Freigang

Tja, der erste Freigang … davor grauste es mir. Daher ließ ich mir dafür auch ganz viel Zeit. Wir haben einen großen

Garten und ich hatte große Angst Marie frei zu lassen. So war sie schon neun Monate alt, als ich meinen Mut zusammennahm.

Es war ein Sonntag, die Sonne schien, wir öffneten die Tür zum Garten, gingen raus und Marie blieb für einen Moment an der Tür stehen, so als traute sie dem, was hier geschah, nicht wirklich. Diese Tür ist offen? Jene Tür, welche sie schon so oft raus wollte, gerade dann, wenn auf der anderen Seite der Kater war und sie durfte das nie. Die war nun offen? Für sie? Dann kam es bei ihr an und sie stürmte los, was einfach nur köstlich anzuschauen war. Katerchen, welcher das alles mitbekam, rannte sofort an ihre Seite und es hatte den Eindruck, dass er in die Aufpasserrolle schlüpfte. Da stellte sich nur die Frage, ob er auf Mariechen aufpassen wollte oder auf seinen Garten, sein Revier *grins*. Mariechen aber wusste gar nicht, wo sie zuerst hingehen sollte und hier zeigte sich auch sehr schnell ihr Grundcharakter. Sie ist nämlich auf der einen Seite sehr mutig, aber sie ist auch schreckhaft und ängstlich. Es war spannend zu beobachten, wie die beiden Eigenschaften sich abwechselnd zeigten. Hörte sie ein Geräusch, bekam sie Schiss und rannte zurück ins Haus, wo sie aber nie lange blieb, da die Neugier natürlich größer war und so ging sie mutig weiter auf Entdeckungsreise. Alle Angst war verflogen, als sie Vogelgezwitscher am oberen Ende des Gartens, in den Bäumen hörte. Hier war die Raubkatze geboren. Sie war nicht mehr zu halten und raste, nein sie sprang wie eine Gazelle, nein, hahaha, wie ein Springbock die Wiese hoch ... dorthin wo das magnetisch anziehende Geräusch zu hören war. Kater raste ihr Elefanten mäßig hinterher. Sehr schnell waren beide nicht mehr zu sehen. So rannte ich natürlich hinterher und mein Mann folgte gemächlich, vor sich hin grinsend mit Lea als Gefolge. Oben im Garten angelangt sah ich Katze und Kater und war erleichtert. Diese Erleichterung hielt aber nicht lange an, da ich ein Loch im Zaun sah ... Marie hatte es auch entdeckt, verschwand durch die Zaunöffnung und

O`Malley folgte ihr. Na super, dachte ich nur, während mein Mann mit Lea endlich bei mir landeten. Nun ja, Lea entdeckte natürlich auch sofort dieses Loch und wollte durchschlüpfen. Glücklicherweise ist sie ja eine Artige und hörte auf mein NEIN. Das hätte ja gerade noch gefehlt. Ja, da stand ich ziemlich blöd dreinschauend da und fühlte mich so gar nicht wohl. Hatte ich doch eh schon genug Angst vor Maries erstem Freigang gehabt und nun war sie weg. Ich konnte ja schlecht auch durch das Loch schlüpfen. Weit und breit waren keine Katzen zu sehen und auch nicht zu hören. Der Herr des Hauses meinte gelassen, wie er eben ist: *„Mach dir keinen Kopf, der Kater ist bei Marie und zeigt ihr wo es lang geht. Der passt schon auf sie auf."* Für einen Moment glaubte ich ihm … aber nur für einen Moment, denn der Kater kam alleine zurück. Da habe ich aber mit ihm geschimpft, dass er Mariechen einfach alleine in der ihr fremden Welt lässt. Mein Schatz meinte mit einem Schmunzeln: *„Du weißt doch wie Weibsers sind. Ist wie beim Einkaufen gehen, kein Wunder, dass der Kater wieder da ist."* Das war natürlich sehr beruhigend für mich, die Übermama *grins*. So stand ich weiter dumm in der Gegend rum und machte mir Sorgen um meine Kleine. Dann sah ich sie aber glücklicherweise in einem der Nachbargärten. Kater sah sie auch und raste sofort rüber zu ihr. Hahaha, beruhigend war das für mich dann auch nicht, weil Kater die Situation ausnutzte, das wir nichts tun konnten und Marie die Leviten las. Ja, er machte auf Revierverteidigungsmacho. Zeigte ihr mit klarer Körpersprache, dass sie ihn zwar im Haus dominiert, dass sie aber draußen in seinem Revier gar nichts zu sagen hatte. Marie war das völlig Schnuppe. Sie war auf Entdeckungsreise und ließ Machokater einfach links liegen. Irgendwann hatte sie glücklicherweise keine Lust mehr weiter die Gegend zu erkunden und wollte zurück zu uns. Das Problem dabei war nur, sie fand zwar den Zaun zu unserem Garten, aber das Loch nicht. So rannte sie suchend am Zaun entlang und mein Mann lief ihr entgegen. Sie wurde ganz hektisch und nun war sie wieder die ängstliche und verschreckte Katze. Als sie dann meinen Mann bei uns im Garten auf der anderen Seite des Zauns sah, war sie voll glücklich, gaste los, um zu ihm zu kommen, und WUMM rannte sie gegen den Zaun. Hach was ist sie aber auch erschrocken. Das Herrchen beruhigte sie, holte sie nach Hause in ihren Garten und meinte: „*Hm, sie stellt sich etwas doofer an, als Kater bei seinem ersten Freigang. Rennt da einfach gegen den Zaun. Auf die Kleine müssen wir mehr aufpassen.*" Ich grinste nur vor mich hin. Diese Seite kannte ich gar nicht an meinem Mann. Ja, er hatte Mariechen auch lieb gewonnen. Fazit war, Lady Marie war dann froh wieder da zu sein und rannte sofort ins Haus zurück. Sie hatte ihr erstes Abenteuer gemeistert.

Katerchen als Lehrer - oder doch nicht?

Ja und so durfte Mariechen immer mal wieder nach draußen in den Garten. Am Anfang waren wir natürlich stets dabei, weil ich ja Angst hatte und für mich sorgte. Am meisten machte ich mir Sorgen, wegen der stark befahrenen Straße, auf der anderen Seite des Hauses. Unser Kater war im neuen zu Hause schon zu einem Streuner geworden und ich wollte nicht, dass Marie, so klein wie sie noch wahr, ihm aus lauter Neugier folgte. So suchte ich hier nach einer Lösung, besorgte ein Katzengeschirr, nahm die Kleine auf die Arme und ging mit ihr zur Straße. Als das erste Auto kam, erschrak sie so sehr, dass sie zurück ins Haus wollte. Ich wiederholte das ein paar Mal und das Ergebnis war, dass sie wirklich seither vollen Respekt vor der Straße hatte und sich stets nur bis vor das Gartentürchen wagte. Dort oder auf der Mauer des Nachbargartens, da war sie sicher und konnte dennoch alles beobachten. Überhaupt reicht es ihr sich in den ersten Monaten, in ihrem großen Gartenparadies aufzuhalten. Dort gab es so viel zu entdecken. Da sie aber auch neugierig war, saß sie stundenlang unter der Hecke, beobachtete, was auf der Seitenstraße geschah und wenn jemand kam, düste sie davon in Sicherheit. Ich war froh, das so mit ihr gemacht zu haben. Nun konnte sie beobachten, lernen und erfahren. Mir war natürlich klar, dass sie eines Tages mit Katerchen zusammen das Umfeld entdecken wollen würde, aber es war mir einfach wichtig, dass sie sich der Gefahren bewusst wurde.

Hach je, wo mir gerade einfällt. Unser Katerchen, nein, ich muss ihn nun Kater nennen … im alten zu Hause, mit kleinem Garten, da war er nie unterwegs. Das hat sich erst im neuen zu Hause total verändert. Ja und heute ist es so, dass wir ihm oft beim Spazieren gehen mit Lea begegnen und er und Lea busseln sich dann voll Freude ab und die Leute die uns sehen, die sind nur am Grinsen. Oder er läuft mit uns spazieren, was ich immer besonders schön finde. Er rennt voraus oder läuft neben Lea, bis hin zum Schlosspark auf die große Wiese dort. Da spielt er dann mit Lealöwin und läuft auch wieder mit uns nach Hause. Das ist einfach nur schön.

Zurück zu Mariechen. Natürlich gibt es in unserem Garten auch ganz viele Bäume auf die Katzen klettern können. Wo ich erneut beim Kater lande. Es passte ihm also nicht wirklich, dass Marie nun Zugang zu seinem Revier hatte. Als er dann sah, dass Mariechen ihren ersten Kletterversuch auf einen Baum wagte, setzte er sich unten hin und schaute ihr zu. Hoch auf den Baum kam die Kleine ja schnell, Probleme gabs erst beim Absteigen. Da saß sie also miauend da oben, glücklicherweise nicht allzuweit oben, so dass ich sie beim ersten Mal runter holen konnte. Katerchen schaute weiter zu. Als Mariechen dann wieder festen Boden unter den Füßen hatte, blickte Katerchen sie an, drehte sich dann cool von ihr weg, und bestieg den Baum. Hahaha, er zeigte der Kleenen, wie easy es für ihn ist, auf dem Baum ´rum zu klettern, Spaß zu haben und auch ganz leicht wieder runterzukommen. Mariechen schaute sehr interessiert zu und wir amüsierten uns köstlich über des Katers Gebaren. Ja, es war herzerfrischend seine Körpersprache zu lesen. So ein Angeber auch. Habe dann nur zu ihm gesagt, dass er wohl vollkommen vergessen hat, wie sein erster Ausflug auf einen Baum war. Und wie kläglich er miaut hat, als er ganz oben saß und nicht mehr alleine runterkam. Aber das hatte er natürlich total vergessen oder besser, verdrängt. Kleiner Macho halt.

Wo ich mich erinnere, dass einige Zeit später, lautes Miauen im Garten zu hören war. Das war dann schon in einer Zeit, da Mariechen alleine nach draußen durfte. Oh ja, wir hörten ein ganz jämmerliches Miauen und schauten natürlich gleich nach, was los ist. Wir folgten dem Katzenton und waren sehr überrascht, als wir Mariechen hoch oben auf dem Dach des Nachbarschuppen sahen. Sie schaute zu uns herunter und miaute wahrlich kläglich. Im Augenwinkel bemerkte ich, dass Katerchen seinen Weg hinter Mariechens Rücken gen Erde nahm. Sie konnte ihn nicht sehen. So ein Schurke. Hier war mir klar, er ist da zuerst hoch gekraxelt und Mariechen ist ihm gefolgt, wie sie es immer tat. Er wusste, wie er wieder runterkommt, sie aber nicht. O`Malley gesellte sich dann zu uns, schaute hoch zu Marie, welche mittlerweile versuchte einen Baum hinunterzuklettern, welcher dafür gar nicht geeignet war. Seufz, also stellten wir uns zu jenem Baum, da sie eine Chance hatte ihren Weg zu finden. Leider klappte das nicht. Mariechen tat wirklich ihr Möglichstes, aber immer wieder kletterte sie zurück aufs Dach, legte sich erschöpft hin, miaute und versuchte es erneut am falschen Baum. Katerchen schaute weiter zu, während wir Marie lockten und lockten. Ohne Erfolg. Wir mussten uns etwas einfallen lassen. Direkt an dem Nachbarschuppen hatten wir unser kleines Gartengeräthäuschen. Mein Mann machte Nägel mit Köpfen, kletterte auf das Gartenhäuschendach und ich sollte ihm die Klappleiter hoch reichen. Das aber wollte ich nicht tun. Geht ja mal gar nicht. Klappleiter auf Spitzdach? Nie und nimmer. Lieber soll die Katze abstürzen als mein Mann. Also hier musste ich wirklich Prioritäten setzen. Nun, ich hatte keine Chance und ich musste ihm die Klappleiter reichen, welche er dann hochstieg, um zu erkennen, dass seine Arme immer noch nicht lang genug waren, um Mariechen von dort oben zu retten. Die Kleine aber stand nun da oben und miaute immer lauter. Okay, ein neuer Plan musste her. Katerchen und Lealöwin saßen im Garten und schauten zu. Gerne hätte ich in ihre Köpfe geschaut, um zu wissen, was sie sich so denken *grins* … Herrchen hoch oben auf ner Leiter und Mariechen noch ein Stückchen höher auf dem Dach. Als denn … der Mann des Hauses stieg wieder ab und verschwand in den Keller um ein langes Brett zu suchen, während ich weiter versuchte, Lady Marie zum richtigen Abstiegsbaum zu locken. Diese war mittlerweile aber so durch den Wind, dass sie gar nicht mehr hörte, sondern nur noch versuchte irgendwie nach unten zu kommen. Dabei rutschte sie und so fiel sie von Ast zu Ast, bis sie dann einfach sitzen blieb und gar nicht mehr weiterwollte. Glücklicherweise geschah dies, auf einem Zweig, der recht nah an unserem Gartenhäuschen war. Mein Mann kam zurück mit einer langen Leiste, die glücklicherweise vom Häuschen zu Marie reichte. Unsere Kleene war einfach nur selig, Hilfe zu bekommen und schritt sofort über die Leiste drüber, ganz schnell, hin in meine Arme und dann wollte sie nichts wie rein ins Haus. Ja so ist das mit kleinen Katzenmädchen, welche die Welt entdecken wollen. Es war für uns alle genug, an diesem Tag. Katerchen bekam noch ein wenig Schimpfe von mir, dass er Mariechen so an der Nase ´rum geführt hat. So ein Schlingel aber auch. Ich hoffte Mariechen hat ihre Lehre draus gezogen.

Es war wirklich eine interessante Zeit und es war spannend, Katerchen und Marie zu beobachten. So gefiel es ihm wirklich nicht, dass die kleine Lady nun immer öfter nach draußen ging. Hatte er sich doch bisher immer in den Garten verkrümelt, wenn er Ruhe von der kleinen Hexe haben wollte.

So kam der Tag, da Mariechen ihre erste Maus jagte. Sie hatte so einen Spaß dabei. Katerchen lag ruhend, mitten auf der Terrasse und hahaha, die kleine Hexe entdeckte ihn und schlich sich leise von hinten an ihn ran, um dann auf ihn drauf zu springen. Er war so überrascht, dass er nur mit aufgerissen Augen verdattert dreinschaute. Dann aber hob er seine Pfote ... hihi, er hob sie wirklich nur hoch gen Marie, als ob er sagen wollte: *„Das geht ja mal gar nicht du kleines, freches, junges Ding da."* Mariechen machte daraufhin ein paar verdrehte freudige Katzensprünge in der Luft. Kater schaute noch verdatterter drein. Die kleine Lady beruhigte sich von jetzt auf nachher und ging ganz langsam zu ihm hin, beschnüffelte sein Mäulchen und er ließ es geschehen. Für mich waren das natürlich die ersten Katzenküsse *grins*. Das er das geschehen ließ, lag sicher an seinem noch Starrezustand. So Alla: *„Wenn ich mich nicht bewege, lässt sie mich in Ruhe."* Was sie auch tat. Denn sie entdeckte eine kleine Spitzmaus. Sie reagierte schneller auf die Maus als ich und so war eine Rettungsaktion von meiner Seite nicht mehr möglich. Da ich mir das nicht anschauen wollte, ging ich mir einen Kaffee machen. Als ich zurückkam, lag das kleine Mäuschen schon tot, direkt vor der Tür. Die Beute war als Geschenk vor die Tür gelegt worden und Mariechen war nicht mehr zu sehen. Dafür beschloss Katerchen aufzustehen, zu mir zu kommen und entdeckte Maries Geschenk. Er betrachtete das kleine Mäuschen ... ein Ruck ging durch seinen Körper ... und dann schritt er hoch erhobenen Hauptes von dannen. Da nun beide Katzen verschwunden waren, ging ich wieder ans Schreiben meines Romans. Nach einer Weile schaute ich erneut nach den beiden und als ich zur Tür kam, lag nun direkt neben der kleinen Spitzmaus, eine sehr große tote Maus. Den Kater sah ich gerade noch stolz davon laufen. Hatte er tatsächlich wirklich direkt neben die Kleine, seine viel größere Beute drapiert und hat uns nun gezeigt, dass er vieeeel größere Mäuse erlegen kann. Er ist und bleibt ein kleiner Macho *grins*.

So verging der Sommer und irgendwann kehrte Ruhe ein im Rudel. Marie wurde vollwertig akzeptiertes Rudelmitglied. Lea begrüßt nun freudig Kater und Katze mit Busserl. Mariechen und O`Malley knutschen sich zwischendurch auch mal ab. Aber in der Basis macht einfach jeder sein Ding, so wie jeder seinen ureigenen Schlafplatz hat, aber vor allem, kennen sie nun die gegenseitigen Macken und wissen miteinander umzugehen. Mariechen ist natürlich die Königin im Haus, was sie uns im Sommer auch zeigte. Ja, sie hat ihren urpersönlichen Ruheplatz gefunden und dieser ist schon recht außergewöhnlich für eine Katze.

Wir haben nämlich einen Pool im Garten und in diesem Pool ist eine riesengroße pinkfarbene Flamingoluftmatratze. Diese Flamingolady ist am Poolrand angebunden und Mariechen entdeckte sehr schnell, dass man auf dieser Luftmatratze wundervoll thronen kann. Es ist natürlich ein traumhaft schöner Anblick, wenn sie genau das tut. Eine grauweiße fluschige Ladykatze auf pinkfarbenem Flamingo, das sieht man nicht alle Tage :-). Nun freuen wir uns auf weitere schöne Momente mit unseren Tieren und hoffen, dass es noch lange so bleiben darf.

ENDE

Liebe Leserinnen und Leser,
hat Ihnen das Buch gefallen? Dann freue ich mich sehr, wenn Sie mir ein Feedback darüber zukommen lassen möchten. Sie wissen sicher, wie wichtig ein Solches ist.
Mit einem Dankeschön im Voraus
Sabine C. Pahlke

Autorenseite: www.Sabine-C-Pahlke.de
Kontaktdaten. S.Pahlke@p4dm.de

Die Autorin

Sabine Carola Pahlke wurde am 26. Januar 1965 an der Bergstraße geboren.

2013 veröffentlichte sie ihr erstes Buch „Spannende Leichtigkeit - Lara und das Abenteuer Leben", ein Roman, in dem sie als Autorin das reale "Tagebuch der Lara" mit ihren eigenen Worten gestalten konnte. Weitere Folgeromane erschienen. Seit 30 Jahren ist das Schreiben ihr besonderer Begleiter. Sie lebt ihre Berufung als Masseurin, Seminarleiterin und Autorin, begleitet von ihrer Familie in der geliebten Heimat.

Mit ihren Romanen schafft sie es den Leser durch spielerische Leichtigkeit und Spannung mitzureißen. Durch ihre sensitive und dabei klare, humorvolle, sowie bodenständige Sprache erfasst sie das Berührende und Bedeutsame im Wesen ihrer Charaktere.

Sie schildert anschaulich eindringliche Begegnungen und Situationen. Wunderbar warmherzig und sinnlich werden Liebeserfahrungen geschildert, welche in den Serienromanen auch als Bewältigung eines wichtigen Sozialthemas zu betrachten sind.

Eine Leserin schreibt: „Laras Tagebuch, die sehr persönliche Geschichte einer Frau auf dem Weg der Befreiung, zeigt wie ein Brennglas die Lebensthemen und Gefühle einer ganzen Frauengeneration. Was Doris Lessings „Goldenes Notizbuch" für die fünfziger Jahre des letzten Jahrhunderts war, ist „Spannende Leichtigkeit" für die Neunziger: „Ein Abbild für die Wandlungen und Herausforderungen einer Dekade".

In ihrem aktuellen erotischen Werk (2017), „Tinkas Lieb-Haber", zeigt sie sich von einer neuen Seite. Erotische Geschichten werden in dem von ihr gewohnten Schreibstil präsentiert. Leichtigkeit & Tiefe fanden auch hier ihren Platz. Zeitgemäß spielt das Internet eine Rolle und letztendlich provoziert sie mit den Geschichten auch ein wenig, in dem sie erzählt, wie ihre Protagonistin lebt und liebt und damit zeigt, wie Liebe sein könnte, wenn …

Dieser Roman, wurde von Ihr in Eigenarbeit auch zu einem Hörbuch gestaltet. Voller Freude wurde sie hier von 25 Menschen unterstützt. Viele aus ihrer Heimatstadt standen für Stimmen zur Verfügung, aber auch welche aus weiter Ferne. So entstanden perfekt unperfekte & lebendige Geschichten.

Spannende Leichtigkeit 1 - Lara und das Abenteuer Leben

ISBN: 978-3-86279-873-5 - Taschenbuch - Erscheinungsjahr 2012 beim Wagner Verlag - 734 Seiten - Euro 19 incl. Porto - Restbestände direkt bei mir zu bestellen: S.Pahlke@p4dm.de

Gekürzte Neuauflage: 2017 - Taschenbuch/E-book - 532 Seiten - Euro 16,99 zzgl. Versand - ISBN: 9783744812566
Zu Bestellen bei: book on demand & Amazon

Lara öffnet ihr Tagebuch und steigt hinab in die Tiefen ihrer Seele. Erneut Single, nach 18 Jahren Ehe, stürzt sie sich mit unbändiger Freude, Neugier und auch Scheu in das Abenteuer Leben. Sie möchte die Männerwelt neu entdecken, sich selbst finden, ihrer Intuition und ihren Träumen vertrauen. Es kommt zu einer ganz besonderen Begegnung mit Johannes, dem Mann den sie aus ihren Träumen schon kennt. Eine Begegnung welche sie in einen Wirbel noch nie erlebter Liebe, lustvoller Sexualität und tiefer in ihre Träume eintauchen lässt. Sie ahnt nicht dass er und kommende Ereignisse, sie in die Vergangenheit zurück katapultieren werden und damit in eine Achterbahnfahrt der Gefühle.

Ein Roman, mitten aus dem Leben, leicht, berührend wie ein wohltemperiertes Klavierkonzert, verletzlich und hart wie Heavy Metal. Widersprüchlich, irritierend, aber auch sanft, friedlich und versöhnend wie die ersten Sonnenstrahlen die einen Wald durchfluten. Sie werden mitgerissen werden von Laras Erlebnissen.

Spannende Leichtigkeit 2 - Lara im Dschungel der Gefühle

Erscheinungsjahr 2015 - Band II - Taschenbuch - 424 Seiten - Euro 14,99 zzgl. Versand - ISBN: 11495028 - E-book - ISBN: 9783739268545 - Zu Bestellen bei: book on demand & Amazon

Erneut öffnet Lara ihr Tagebuch. Das Abenteuer Leben geht weiter mit Mike, der alten und Johannes, der neuen Liebe. Laras Weg führt sie in einen Dschungel der Gefühle. Es gilt nun ihren ureigenen Weg zu gehen. Einen, den Lara sich Schritt für Schritt selbst erschafft. Manchmal erscheint er als schmaler Pfad: „Der Pfad der Selbst-Liebe". Manchmal erscheinen wunderbare Lichtungen und Rastplätze. Wie Lara ihren Weg durch den Dschungel der Gefühle erschafft und sich immer wieder selbst neu erfindet, erzählt dieses Buch.

Lara schafft es stets Angst in Mut, Hoffnungslosigkeit in Zuversicht und Vertrauen zu wandeln. Aus Leiden und Zweifeln wachsen Kraft und Eigenverantwortung. Die Liebe ist der Weg und überwindet alles ...

Begleiten Sie Lara auf ihrem „Pfad der Selbst-Liebe". Erleben Sie mit ihr, welche Geschenke das Leben bereit hält, wenn man mutig, offen und authentisch ist. Wundersame und überraschende Erlebnisse. Erfüllende Sexualität mit liebevoller Nähe. Tauchen Sie mit Lara ein in die Welt ihrer Träume, die sich immer klarer in ihrem Leben manifestieren. Laras neue Welt und ein Start in ein neues Leben.

Spannende Leichtigkeit 3 - Lara und die Gezeiten des Meeres

Erscheinungsjahr 2017 - Band III
Taschenbuch - 464 Seiten - ISBN: 9783743179974 - Euro 14,99
E-book - Kindle Edition
Zu Bestellen bei: book on demand & Amazon

„Nie hätte ich nur im Ansatz vermutet, dass das Leben noch spannender, aufwühlender, aber auch leichter oder eben alles zugleich werden könnte." sind die ersten Worte in Laras Tagebuch.

So wie das Meer bewegt sich das Leben. Ebbe und Flut - folgen den Gezeiten von Mondin und Sonne. Lara beginnt, sich den Gezeiten des Meeres hinzugeben. In den stillen Phasen taucht Lara ein in ihre Welt der Träume & Symbole. Sie versteht die reiche Sprache ihrer innersten weiblichen Kraft. Voll Freude folgt sie dann der Flut des Meeres und taucht ein in die Welt der Liebe & Sexualität. Johannes, ihr beständiger Herzensmann & Lehrmeister, begleitet sie weiter dabei, doch Mike, die alte Liebe, beschließt abzutauchen. Neue „Meister ihres Seins", werden vom Wellenspiel des Meeres in ihr Leben getragen. Mit ihnen genießt und verfeinert sie das „Spiel der Liebe".

Tauchen Sie mit Lara ein in das Meer der Gefühle, mit all seinen Facetten. Erfahren Sie, wie reich das Leben einen beschenkt, wenn man mutig und offen durchs Leben geht.

Tinkas Lieb - Haber" - P.s.: ... freu mich auf dich :-*

Erscheinungsjahr 2017
Taschenbuch - 464 Seiten - ISBN: 9783743179974 - Euro 14,99
E-book - Kindle Edition
Zu Bestellen bei: book on demand & Amazon

Hörbuch - Gesamtspielzeit 20 Std. - Euro 6,90 ohne Porto - direkt bei mir zu bestellen: S.Pahlke@p4dm.de oder bei Amazon.

Reale Geschichten verschiedener Menschen, plus einer großen Portion Fantasie verschmolzen miteinander, wurden zu diesem Roman.

Tinka erzählt frisch, fröhlich, frei und absolut nicht fromm, von ihrem virtuellen und realen Liebesleben. Sie zeigt sich lieb und frech. Zärtlich und leidenschaftlich. Scheu, aber auch schamlos. Verständnisvoll und provozierend. Tiefgründig und mutig.

Tinka & Máire - Die Macht der Weiblichkeit - Band 2

Erscheinungsjahr: in Arbeit

Zwei so unterschiedliche Frauen treffen aufeinander und doch verbindet sie das Thema „Liebe & Sexualität".

Tinka ist eine Singlelady voller Leichtigkeit und Daseinsfreude, welche das Leben und die Liebe liebt und dieses weiterhin mit ihren Lieb-Habern genießt und davon erzählt. Auch trifft sie neue überraschende Entscheidungen. Tinka begegnet der Irin Máire, genannt Maria. Diese lebt glücklich, nicht monogam, mit ihrer Familie und schreibt Tinka von ihrer spirituellen Welt und erzählt, wie die Begegnung mit einem Krieger, sie dahin führte, sich in der Liebe nicht mehr einschränken zu lassen.

Die beiden Frauen tauschen sich aus und tauchen dabei nicht nur ein in Liebe, Sexualität und Spirit. Sie suchen die Essenz der Macht der Weiblichkeit und die Leopardin begleitet sie.